# Klarant Verlag

Die gebürtige Ostfriesin **Sina Jorritsma** aus der Krummhörn studierte in Hamburg Germanistik und Philosophie, bevor sie wieder in ihre Heimat zurückkehrte. Sie veröffentlicht unter Pseudonym, weil sie ihre Umgebung genau beobachtet und Ereignisse aus ihrem Leben in ihre Geschichten einfließen. Das Romaneschreiben ist ihr kleines Geheimnis, das nur wenige Menschen kennen. Bei einer großen Kanne Ostfriesentee mit Sahne und Kluntjes kann sie halbe Nächte durchschreiben, tagsüber hält sie sich mit Joggen fit. Sina Jorritsma lebt mit ihrer Familie in einem kleinen Ort bei Emden.

# Sina Jorritsma

# Friesenbäcker

## Ostfrieslandkrimi

Klarant Verlag

# Kapitel 1

»Ich sehe wie eine Presswurst aus!«

Während Kommissarin Mona Sander von der Polizei Borkum diesen Satz von sich gab, drehte sie sich vor dem großen Wandspiegel in ihrem Schlafzimmer. Der Anblick ihres Spiegelbilds hatte etwas Unwirkliches an sich. Die rotblonde Kriminalistin erinnerte sich an einen rätselhaften Fall vor einigen Jahren, als eine Frau vermisst wurde und man ihr blutiges Brautkleid gefunden hatte. Und nun war es Mona selbst, die eine solche blütenweiße Textilie trug, zum Glück ohne Flecken aller Art. Sie plante nämlich, an diesem schönen Maitag ihrem Freund Jan Lummer in der Kirche das Jawort zu geben. Aber je länger sie über diesen Schritt nachdachte, desto mulmiger wurde ihr zumute. Sie bekam Angst vor ihrer eigenen Courage.

Nun trat ihre Mutter zu ihr, schüttelte missbilligend den Kopf und fasste die Kommissarin sanft bei den Schultern.

»Du bist wunderschön, Schatz«, betonte Dagmar Sander und fügte hinzu: »Es ist völlig normal, dass du aufgeregt bist – wie oft heiratet man schon im Leben? Ich erinnere mich genau daran, als ich mit Papa vor den Traualtar getreten bin. Ich wäre vor Aufregung beinahe ohnmächtig geworden.«

Die Ermittlerin sah im Spiegel sich und ihre attraktive Mama, die ein taubengraues Kostüm mit knielangem Rock und eine elfenbeinfarbene Seidenbluse trug.

»Bewusstlosigkeit? Das könnte mir auch passieren«, erwiderte Mona. »Was für ein Glück, dass Dr. Siemers unter meinen Hochzeitsgästen ist. Wenn ich in der Kirche aus den Latschen kippe, kann er gleich bei mir Mund-zu-Mund-Beatmung vornehmen. Vielleicht verliebe ich mich dann spontan und heirate ihn anstelle von Jan!«

Dagmar Sander lächelte nachsichtig: »So bist du schon als Kind gewesen, Mona. Wenn du unter Druck standest und es ernst wurde, hast du stets dumme Witze gerissen.«

Die Kommissarin rollte mit den Augen. »Ja, das war ein Scherz – ich betrachte mich nämlich nicht als zukünftige Arztgattin. Aber dieses Kleid ist doch wirklich unvorteilhaft, Mama. Ich scheine locker zehn Kilo mehr zu wiegen als in Wirklichkeit. Warum kann ich nicht in meiner Polizeiuniform heiraten? Da sehe ich viel schneidiger aus. Und meine Speckröllchen werden auch kaschiert.«

»Weil dann der Eindruck entsteht, dass du Jan nicht ehelichen, sondern verhaften willst«, behauptete Dagmar Sander, wobei ihr Tonfall allmählich strenger wurde. Sie fügte hinzu: »Diese ‚Rettungsringe' um deine Hüften existieren nur in deiner Fantasie. Außerdem haben wir das Kleid gemeinsam ausgesucht, und es hat dir auf Anhieb gefallen.«

*Ich höre immer ‚wir',* dachte Mona verdrossen. Letztlich hatte ihre Mama sich bei der Wahl ihres Hochzeitsoutfits durchgesetzt. Die Kommissarin konnte zwar gefährliche Mörder überführen und hinter Schloss und Riegel bringen – aber gegenüber ihrer Mutter zog sie meist den Kürzeren. Immerhin hatte sie sich *einmal* im Leben durchsetzen können, nämlich bei der Berufswahl. Dagmar Sander bedauerte es immer noch, dass ihre Tochter Polizistin geworden war – und nicht Lehrerin, so wie sie selbst. Deshalb war es gut, dass ungefähr 300 Kilometer Luftlinie zwischen Borkum und Braunschweig – Dagmar Sanders Wohnort – lagen. Mona zog den Bauch ein und sagte: »Na gut, auch der heutige Tag wird irgendwann vorbeigehen. Und morgen ist sowieso wieder normaler Dienst-Alltag.«

*Und da kann ich anziehen, was mir in den Kram passt,* fügte sie in Gedanken hinzu. Als Zivilfahnderin war die Kommissarin nicht in Polizeimontur, sondern meist in Jeans und T-Shirt oder Kapuzenpullover unterwegs – legere Kleidung, in der sie sich einfach am wohlsten fühlte. Außerdem kam es darauf an, unter den Feriengästen nicht aufzufallen. Wenn nämlich nicht gerade ein Mordfall zu lösen war, befassten Mona und ihr Kollege Oberkommissar Enno Moll sich mit der Jagd auf Taschendiebe, die besonders in der Hauptsaison auf der beliebten Urlaubsinsel ihr Unwesen trieben. Und diese Straftaten bekämpfte man mit dem Einsatz von Zivilpolizisten am besten.

»Ich verstehe nicht, warum ihr keine schöne Hochzeitsreise machen wollt«, sagte Dagmar Sander theatralisch seufzend. »Das gehört einfach dazu, finde ich. Dein Vater und ich sind damals in Rimini gewesen, es war ein traumhaftes Erlebnis. Wahrscheinlich bist du dort während einer romantischen Sommernacht gezeugt worden.«

*So genau wollte ich es gar nicht wissen,* ging es Mona durch den Kopf. Sie legte eine Perlenkette um und sagte: »Rimini – also Italien! Dann weiß ich jetzt wenigstens, woher ich mein südländisch anmutendes Temperament habe. Aber Scherz beiseite, Mama: Ich habe dir doch schon erklärt, dass wir Jans geerbtes Haus renovieren müssen, bevor wir dort einziehen können. Momentan ist es noch eine halbe Ruine. Uns fehlt jetzt einfach die Zeit für einen längeren Urlaub.«

Sie deutete auf die Umzugskisten, die in einer Ecke ihres Schlafzimmers gestapelt waren. Es war, als ob ihre Mutter gar nicht hingehört hätte: »Wenn es am Geld scheitern sollte – ich kann euch gern einen größeren Zuschuss geben ...«

Nun platzte Mona der Kragen: »Vielen Dank – aber wir sind keine Almosenempfänger! Jan ist ein erfolgreicher selbständiger Gastronom, und ich bin Beamtin im gehobenen Polizeivollzugsdienst. Es ist also nicht so, dass wir vor Hunger nicht einschlafen könnten!«

Dagmar Sander tätschelte die Schulter ihrer Tochter, als ob sie ein störrisches Wildpferd beruhigen müsste.

»Du bist jetzt sehr aufgeregt, das verstehe ich natürlich«, sagte sie gönnerhaft. »Allmählich solltest du dich bereitmachen, die Kutsche muss bald eintreffen.«

Jan hatte sich gewünscht, dass Mona in einem offenen Wagen mit Pferdegespann zur Kirche gebracht wurde. Die Kommissarin wollte sich nicht querstellen – allein schon, weil der Kutscher ein Schulfreund ihres Zukünftigen war. Auf Borkum kannten die meisten ständigen Bewohner einander und waren auf oft komplizierte Art miteinander verbandelt. Und nun heiratete sie in diese verschworene Gemeinschaft ein. Mona fühlte sich inzwischen als Insulanerin, obwohl sie erst vor einigen Jahren hierher versetzt worden war. Doch Vieles auf dem Eiland weit vor der Küste war immer noch neu für sie, und sie lernte ständig dazu.

Die Kommissarin hatte ihr widerspenstiges Haar hochgesteckt. Sie setzte nun das dämliche Hütchen auf – natürlich wollte ihre Mutter, dass sie es trug – und senkte den weißen Schleier über ihr Gesicht. Auf der ansonsten stillen Walfangerstrate ertönte das Klappern von Pferdehufen auf dem Pflaster. Dagmar Sander schaute aus dem Fenster: »Da kommt unsere Mitfahrgelegenheit – und Enno ist auch an Bord!«

Mona rollte erneut mit den Augen, was ihre Mama wegen des Schleiers nicht sehen konnte. Die Kriminalistin erinnerte sich mit Grausen an einen zurückliegenden Besuch ihrer Mutter, als diese hemmungslos mit dem verheirateten Oberkommissar geflirtet hatte. Die Kommissarin wäre damals vor Fremdscham beinahe im Boden versunken. Zwar konnte sie verstehen, dass ihre verwitwete Mutter sich nach männlicher Gesellschaft sehnte – aber musste es unbedingt der beste Freund und Kollege ihrer Tochter sein? Zum Glück hatte Enno es verstanden, die Annäherungsversuche der liebeshungrigen Lehrerin charmant abzubiegen und seiner Birte treu zu bleiben.

Mona griff nach ihrem Brautstrauß. Sie hatte weiche Knie, als sie die steile Treppe hinunterstieg und wäre beinahe gestolpert. Es herrschte strahlender Sonnenschein an diesem Frühlingsmorgen, die Brise war allerdings ziemlich frisch. Auf Borkum konnte das Wetter mehrmals am Tag umschlagen, man musste auf alles vorbereitet sein. Darum hatte Mona sicherheitshalber ein weißes Umlegetuch dabei. Sie wollte sich nicht erkälten, momentan konnte sie sich absolut keine Krankheitstage leisten.

Der Kutscher brachte seine Gespannpferde vor dem Haus zum Stehen. Das schwarz lackierte offene Gefährt mit den roten Ledersitzen bot Platz für vier bis fünf Personen. Der Zweimetermann Enno Moll trug ebenso wie Mona nicht seine Alltagskleidung, die meist aus Jeans, Jeansjacke und Karohemd bestand. Er hatte sich für die Hochzeit seiner Kollegin in seinen ‚guten Anzug‘ aus schwarzem Stoff geworfen, in dem er nach Monas Meinung wie ein Beerdigungsunternehmer aussah. Das rieb sie ihm natürlich nicht unter die Nase. Sie war froh, ihn zu sehen. Einen besseren Trauzeugen als ihn konnte Mona sich nicht vorstellen. Wegen der Arbeit verbrachte sie an den meisten Tagen mehr Zeit mit Enno als mit ihrem zukünftigen Ehemann. Der Oberkommissar war nicht nur ihr Kollege, sondern auch ihr Vertrauter. In seiner Gegenwart würde sie die anstrengende Gesellschaft ihrer Mutter viel besser aushalten können.

»Moin, bist du bereit?«, fragte er lächelnd.

»Es ist ja nur einmal im Leben«, brachte Mona seufzend hervor. »Nochmal heirate ich nicht, das stehen meine Nerven nicht durch.«

»Hallo, Enno!«, sagte Dagmar Sander. Ihre Augen blitzten, sie schwang sich mit vollem Körpereinsatz in den offenen Wagen. Sie hätte sich gern neben den Oberkommissar gesetzt, aber Mona quetschte sich zwischen die beiden. Ihre Mutter sollte bloß nicht wieder auf dumme Gedanken kommen.

Der Kutscher schnalzte mit der Zunge, und die Pferde zogen an. Von der Walfangerstrate bis zum evangelisch-reformierten Gotteshaus am Rektor-Meyer-Pfad benötigte man mit dem Fahrrad nur wenige Minuten, aber die Kutsche war etwas langsamer. Mona verlor sowieso jedes Zeitgefühl. Auf dem Weg zur Eheschließung ließ sie die vergangenen Monate noch einmal Revue passieren. Standesamtlich waren sie und Jan bereits getraut, aber ihr Freund hatte sich zusätzlich eine kirchliche Zeremonie gewünscht. Mona tat ihm den Gefallen, obwohl sie selbst nicht religiös war. Jan Lummer gehörte – wie viele andere Ostfriesen – der reformierten Kirche an. Die Monate seit seinem Heiratsantrag waren wie im Flug vergangen. Für die beiden stand fest, dass sie gemeinsam in Jans kürzlich geerbtem Haus in der Grönlandstrate wohnen wollten. Das Gemäuer hatte sich allerdings als stark renovierungsbedürftig erwiesen und Jan und Mona hatten schon viele Freizeitstunden mit den notwendigen Arbeiten verbracht. Immerhin war ihr neues Schlafzimmer schon bezugsfertig.

Vor dem imposanten Backstein-Gotteshaus hatte sich eine kleine Menschenmenge versammelt. Mona wurde vom Lampenfieber geschüttelt. Sie nahm Ennos Hand, und sofort fühlte sie sich besser. Er war nicht nur ihr Trauzeuge, sondern würde sie auch zum Altar führen. Eigentlich wäre dies die Aufgabe ihres Vaters gewesen – der aber schon vor vielen Jahren verstorben war und an den sie keine richtige Erinnerung mehr hatte.

Der Oberkommissar half ihr beim Aussteigen aus der Kutsche, denn mit hohen Absätzen und dem bodenlangen Reifrock fühlte sie sich, als ob man ihr eine Eisenkugel ans Fußgelenk gekettet hätte. Mona ließ ihren Blick über die Gäste schweifen, die ein Spalier gebildet hatten. Nun erwies sich der Brautschleier als sinnvoll – so konnte niemand sehen, dass ihre Augen feucht wurden. Alle Menschen, mit denen sie sich irgendwie verbunden fühlte, waren erschienen: Ihr Chef Hinrich Oltbeck, ihre bisherige Vermieterin Rieke Klasing, Ennos Ehefrau Birte, Kapitän Lorenzen in seiner blauen Küstenwache-Uniform, der Strandkorbvermieter Wilko Efken mit der unvermeidlichen weißen Schirmmütze, der griechische Koch Dimitrios in der Tracht seiner Heimat, Elske

Fokken von der Frühstückspension *Oude Hus* – sogar der Kleinkriminelle Freerk Timpe fehlte nicht, obwohl Mona ihn schon öfter höchstpersönlich verhaftet hatte. Nur ihre ehemals beste Freundin Kati Rolfs glänzte durch Abwesenheit, was zweifellos auf die Ermittlung im Leuchtturmmordfall zurückzuführen war. Aber daran wollte Mona jetzt nicht denken.

Die Polizeikolleginnen Grietje Smit und Britt Mölders hatten farbenfrohe Sommerkleider angezogen und warfen mit Blumen, während Mona sich bei Enno einhakte und das Gotteshaus betrat. Bei der reformierten Kirche Borkums konnte man die Bezeichnung Kirchenschiff durchaus wörtlich nehmen, denn der große Kronleuchter bestand aus dem Steuerrad eines Großseglers. Und neben der Kanzel stand das Modell eines stolzen Dreimasters. Die Insel verdankte ihren Wohlstand früherer Jahrhunderte dem Walfang, was man auch immer noch in den Gotteshäusern erkennen konnte. Orgelmusik brandete auf, und allmählich wich Monas Nervosität einer feierlichen Stimmung. Erst jetzt wurde ihr so richtig bewusst, dass ein neuer Lebensabschnitt begann. Sie schritt an der Seite des Oberkommissars auf den Altar zu, wo neben der Pastorin bereits ihr zukünftiger Ehemann und sein Trauzeuge Lux warteten. Die Kommissarin hob ihren Schleier, als sie sich neben Jan stellte.

»Du riechst nach Lackfarbe«, flüsterte sie.

»Ich hab vorhin noch die Speisekammertür gestrichen«, lautete seine Antwort. Sie musste einen Lachanfall unterdrücken. So war Jan – einerseits romantisch, andererseits höchst praktisch veranlagt. Er war der Mann, den sie wollte – und der es auch nach Jahren immer noch mit ihr aushielt. Vielleicht hatte sie wirklich erst nach Borkum kommen müssen, um ihn zu finden. Und plötzlich ging alles ganz schnell. Mona nahm die Zeremonie wahr, obwohl sie ihr so unwirklich wie ein Fiebertraum vorkam. Die Stimme der Pastorin ertönte wie aus weiter Ferne, als sie über die Liebe und die Freuden des Beisammenseins sprach, bevor sie auf das Brautpaar direkt zu sprechen kam.

»Wir danken Mona Sander und ihren Kollegen dafür, dass sie unsere Insel sicher machen. Und in der *Nordsee Kajüte* von Jan Lummer hat wohl jeder von uns sich schon mal ein Gläschen gegönnt.«

Die Worte der Geistlichen sorgten für Gelächter beim Publikum auf den Kirchenbänken, während Mona vor Rührung beinahe losgeheult hätte. Aber sie schluckte den imaginären Kloß in ihrem Hals herunter. Und die Kriminalistin beantwortete die Frage nach dem Bund fürs Leben mit Ja, woraufhin Jan ihr den Ring an den Finger steckte. Sie tat dasselbe bei ihm. Dann küssten sich die beiden.

Enno runzelte die Stirn – aber nicht aus Eifersucht, sondern weil er sein Smartphone aus der Tasche zog. Er hatte es natürlich auf Vibrationsalarm gestellt, aber als stellvertretender Dienststellenleiter und Mordermittler musste der Oberkommissar jederzeit erreichbar sein. Er hörte sich an, was ihm mitgeteilt wurde. Dann erwiderte er: »Ich werde so schnell wie möglich am Tatort erscheinen.«

Hochzeit hin oder her – Mona wollte unbedingt erfahren, was geschehen war. Sie löste sich von ihrem Ehemann: »Enno, was ist passiert?«

Er blieb ihr zunächst die Antwort schuldig, aber so schnell gab sie nicht auf: »Bitte sprich mit mir! Ich bin jetzt verheiratet, aber immer noch Polizistin!«

Der Oberkommissar seufzte und flüsterte: »Auf deine Hochzeitstorte wirst du verzichten müssen. - Joris Krog lebt nicht mehr. Er wurde tot in seiner Backstube in der Ankerstraße gefunden. So, wie es aussieht, muss jemand nachgeholfen haben.«

## Kapitel 2

Die Zeremonie wurde fortgesetzt, denn außer Mona und Enno hatte noch niemand in der Kirche mitbekommen, dass etwas Schreckliches geschehen war. Nur Jan schien zu ahnen, dass seine Frau soeben eine beunruhigende Information erhalten hatte. Es war ihr offenbar misslungen, sich ihre Anspannung nicht anmerken zu lassen. Der Oberkommissar nickte seiner Kollegin zu und versuchte, unauffällig den Rückzug anzutreten. Außerdem gab er Dr. Siemers ein Handzeichen – natürlich war es notwendig, den Leichnam von einem Arzt untersuchen zu lassen. Der Mediziner schien das Signal verstanden zu haben, denn er erhob sich von der Kirchenbank und folgte Enno. Mona hingegen musste nun gemessenen Schrittes an der Seite ihres Ehemanns durch den Mittelgang nach draußen gehen, wenn sie nicht ihre eigene Hochzeit verderben wollte. Und das durfte nicht geschehen, obwohl ihr der Mord natürlich zu denken gab – nicht nur, weil sie mit dem Opfer noch am Vortag gesprochen hatte.

»Was ist geschehen?«, raunte Jan, während das Brautpaar inmitten von lauter glücklichen lächelnden Menschen dem Ausgang zustrebte. Er hatte ihre Unruhe natürlich bemerkt. Es gab Menschen, die den Gastronomen für einen groben Klotz hielten. Aber Mona wusste, dass er in Wirklichkeit höchst feinfühlig war – zumindest ihr gegenüber.

»Joris Krog ist tot, es könnte Mord gewesen sein«, gab sie ebenso leise zurück.

»Verdammt, ich kannte ihn.«

*Natürlich – du bist mit Joris zur Schule gegangen und hast bei ihm unsere Hochzeitstorte in Auftrag gegeben,* sagte Mona in Gedanken zu ihrem Mann. Auch sie hatte noch vor kurzem mit dem Bäckermeister zu tun gehabt, um die letzten Unklarheiten bezüglich des Tortenkunstwerks aus dem Weg zu räumen. Jan wollte nämlich unbedingt oben auf dem Kuchen ein Paar Handschellen aus Marzipan haben, was Mona selten dämlich fand – so, als ob eine Ehe mit ihr einer Verhaftung gleichkäme. Deshalb änderte sie eigenmächtig den Auftrag, um stattdessen einen Marzipan-Leuchtturm auf die Torte setzen zu lassen. Das war ein Symbol, das ihr besser gefiel – ein Licht, das in die Zukunft strahlte. Während ihr diese Gedankenfetzen durch den Kopf schwirrten, erreichten sie und Jan den Vorplatz, wo eine Kapelle den Hochzeitsmarsch anstimmte und die Gäste jubelten. Insbesondere die Frauen schauten Mona erwartungsvoll an. Da wurde ihr bewusst, dass sie jetzt den Brautstrauß werfen musste.

*Bringen wir es hinter uns!,* dachte sie und setzte ein Lächeln auf. Dann drehte sie den Damen ihren Rücken zu und schleuderte das Blumenbukett hoch in die Luft. Übermütiges Kreischen aus mehreren Kehlen ertönte – dann hüpfte Grietje wie ein Gummiball auf und ab. Sie hatte den Strauß gefangen.

»Gratuliere, jetzt brauchst du bloß noch einen Bräutigam«, sagte Britt Mölders – woraufhin Grietje ihrer Kollegin die Zunge herausstreckte. Oltbeck drängte sich nach vorn und schüttelte Monas Rechte so stark, als ob er ihr die Finger abreißen wollte: »Ich gratuliere von ganzem Herzen, Frau Sander – oder muss ich demnächst Frau Lummer sagen?!«

»Danke, Herr Oltbeck – und nein, es bleibt alles beim Alten. Ich heiße nach wie vor Mona Sander, wir wollen doch nicht, dass die Ganoven sich zu stark umstellen müssen. Nur Jan wird in Zukunft Lummer-Sander heißen, aber die meisten seiner Gäste rufen ihn sowieso beim Vornamen.«

Sie nutzte die Chance, ihrem Chef so nahe gekommen zu sein, und neigte sich zu ihm hin. Oltbeck glaubte, dass sie einen Kuss auf die Wange von ihm erwartete und schürzte die Lippen. Sie drehte den Kopf instinktiv weg und sagte: »Herr Moll ist soeben zu einem Einsatz gerufen worden. Ich denke, dass er meine Unterstützung benötigt. Könnten Sie bitte veranlassen, dass ich von einem Streifenwagen abgeholt werde?«

Der Vorgesetzte brach seinen Annäherungsversuch ab, wobei er rote Ohren bekam. Er murmelte: »Ja, selbstverständlich, Frau Sander. Auch an einem Ehrentag wie dem heutigen geht der Dienst selbstverständlich vor.«

Mit diesen Worten trat er ein wenig zur Seite und zog sein Funkgerät aus der Tasche. Nun kam Dagmar Sander auf ihre Tochter zu, während sie ihre Freudentränen trocknete: »So glücklich habe ich dich selten gesehen, Schatz. - Und du wirst Mona immer gut behandeln, sonst bekommst du es mit mir zu tun!«

Der letzte Satz war an Jans Adresse gerichtet, der unschlüssig wie ein überflüssiger Statist neben seiner Ehefrau stand. Es war ihm

13

nicht entgangen, dass die Kommissarin die Feierlichkeiten unterbrechen musste.

»Du hörst besser auf Mama, sie ist der Schrecken ihrer Schüler«, scherzte Mona. Dann wandte sie sich an ihre Mutter: »Ich muss gleich kurz mal weg, uns ist ein dringender Einsatz dazwischengekommen.«

Dagmar Sander tat so, als ob sie sich verhört hätte: »Wie bitte?! Willst du im Ernst behaupten, dass außer dir kein Polizist auf dieser Insel in der Lage ist, einen Taschendieb zu verhaften?«

»Ob du es glaubst oder nicht – Enno und ich haben noch andere Aufgaben als uns nur um Langfinger zu kümmern!«, wütete die Kommissarin und fuhr fort: »Außerdem – aufgeschoben ist nicht aufgehoben. Das Hochzeitsessen ist perfekt organisiert. Ihr werdet gar nicht merken, dass die Braut fehlt!«

Dagmar Sander wandte sich ab und tat so, als würde sie sich für die Architektur des Kirchturms interessieren. Sie wollte offensichtlich die beleidigte Leberwurst spielen, aber Mona würde gewiss nicht nachgeben. Sie ließ die Glückwünsche diverser Gäste über sich ergehen, bis nach einer gefühlten halben Ewigkeit das Polizeifahrzeug näher rollte und vor der Kirche zum Stehen kam. Der junge Kollege Hinderk Ekhoff saß am Lenkrad. Die Kommissarin gab ihrem Mann hastig einen Kuss und sagte: »Ich komme so schnell wie möglich nach.«

Dann raffte sie ihre Röcke und ließ sich auf den Beifahrersitz fallen. Die Gäste schienen das Erscheinen des Streifenwagens für eine scherzhafte Einlage im Rahmen des Festes zu halten und applaudierten begeistert und lachend. Mona war einfach nur froh, dass sie sich halbwegs problemlos hatte absetzen können – obwohl ihr schon jetzt vor den bevorstehenden Diskussionen mit ihrer Mutter graute. *Ich weiß schon, von wem ich meinen Dickkopf geerbt habe,* dachte sie mit einem Anflug von Selbstironie. Die Konfrontationen mit ihrer Mutter verschafften ihr eine Ahnung davon, wie sich andere Menschen fühlen mussten, wenn sie es mit Mona Sander zu tun bekamen.

»Herzlichen Glückwunsch zur Eheschließung«, sagte der wortkarge Polizist und fuhr los.

»Danke, lieber Kollege. - Bringst du mich bitte erst zu meiner Wohnung? Ich ziehe mich schnell um, in diesem Fummel kann ich nicht am Tatort erscheinen.«

Hinderk nickte und lenkte den Wagen Richtung Walfangerstrate.

»Übrigens hat Grietje den Brautstrauß gefangen, dann wird sie wohl als Nächste vor den Traualtar treten«, sagte Mona und warf ihm einen Seitenblick zu. Grietje und Hinderk waren oft zusammen auf Streife. Die Kommissarin hatte allerdings bisher nicht herausfinden können, ob die beiden sich privat nähergekommen waren. Ihrer Ansicht nach würden sie gut zusammenpassen, denn Hinderk bildete mit seiner stillen Art einen angenehmen Gegenpol zu der Quasselstrippe Grietje. Es dauerte nicht lange, bis er das Auto vor Monas Wohnung abbremste.

»Wartest du bitte kurz? Ich werfe mich in Alltagskleider!«

Mit diesen Worten sprang sie aus dem Wagen und eilte die Treppe hoch. In Rekordzeit schlüpfte Mona in Jeans, Tennisschuhe, T-Shirt und Kapuzenjacke. Ihren Dienstausweis steckte sie ebenfalls ein. Ihre Pistole befand sich noch auf der Wache, denn eigentlich hatte die Ermittlerin sich den Tag ihrer Eheschließung freigenommen. Sie kehrte zu Hinderk zurück.

»Chauffeur, fahren Sie mich bitte zur Bäckerei Krog.«

»Sehr lustig, Mona.«

Der Polizeimeister ließ den Motor an und lenkte den Wagen Richtung Ankerstraße. Dort befand sich die Bäckerei samt Backstube, von der die Kommissarin ursprünglich ihre Hochzeitstorte geliefert haben wollte. Die Feier sollte natürlich im Lokal ihres Freundes stattfinden und würde in diesen Minuten wahrscheinlich beginnen. Da der Koch Lux als Trauzeuge fungiert hatte, war ausnahmsweise ein Kollege aus einer anderen Gaststätte an den Herd in der *Nordsee Kajüte* getreten. Der Kuchen wäre erst am Nachmittag angeliefert worden, wenn das Hauptgericht schon einigermaßen verdaut war. Ob Joris Krogs Tod im Zusammenhang mit Monas Heirat stand? Sie ermahnte sich, keine voreiligen Schlüsse zu ziehen. Bisher hatte sie noch nicht einmal einen Blick auf die Leiche werfen können. Die Bäckerei war jedenfalls geschlossen, das konnte man schon beim Näherkommen deutlich sehen. Einige Urlauber rüttelten an der Tür und gingen dann kopfschüttelnd weiter.

Mona klopfte Hinderk auf die Schulter: »Danke fürs Mitnehmen, Kollege. Du kannst jetzt deinen normalen Dienst fortsetzen. Ich werde später zur *Nordsee Kajüte* fahren, aber das ist ein privater Termin. Dafür nehme ich mir ein Taxi.«

»Klar, was könnte privater sein als die eigene Hochzeit?«, gab der junge Polizist zurück. Er wartete keine Antwort ab, sondern startete den Motor, nachdem die Kommissarin ausgestiegen war.

*Hinderk kann ja richtig schlagfertig sein,* dachte Mona, während sie dem Streifenwagen lächelnd nachschaute. Vielleicht musste man diese Fähigkeit trainieren, wenn man bei Grietjes Redefluss ,dazwischenkommen' wollte.

Die Kommissarin wusste, dass man die Bäckerei auch von hinten durch die Backstube betreten konnte. Als sie dies tat, bot sich ihr ein bizarres Bild: Ein Mann stand so tief über einen Knettrog gebeugt, so dass man seinen Kopf größtenteils nicht sehen konnte. Dieser steckte nämlich in dem Teig. Obwohl Mona das Gesicht nicht sehen konnte, wusste sie, um wen es sich handeln musste. Sie erkannte die Tätowierung mit dem dreimastigen Segelschiff, die Bäckermeister Joris Krog auf dem linken Unterarm hatte. Bekleidet war das Opfer mit einem weißen T-Shirt und einer schwarz-weiß karierten Hose sowie Holzpantinen. Diese Montur hatte er auch getragen, als die Ermittlerin am Vortag wegen des Kuchens bei ihm gewesen war. Direkt neben Krog stand Dr. Siemers, der den Leichnam untersuchte.

»Warum fällt Joris nicht um?«, fragte Mona, wobei sie auf den Toten deutete. Sie kam sich dämlich vor, weil sie ausgerechnet mit dieser Frage auf den Lippen die Backstube betrat. Aber letztlich zählte bei einer Morduntersuchung selbst die scheinbar unwichtigste Kleinigkeit. Der Mediziner nahm an ihren Worten jedenfalls keinen Anstoß. Er hob den Kopf und sagte: »Herr Krog wurde erstickt, Frau Sander. Jemand hat ihn mit massiver Gewalt in den feuchten Teig gedrückt, wodurch die Masse in seinen Mund und die Nasenlöcher drang und ihm die Luftzufuhr verwehrte. Wenn Sie genau hinschauen, dann liegt der Körpermittelpunkt über dem Schädel, wegen der gebeugten Haltung. In dieser Stellung haben die Muskeln sich im Todeskampf zusammengezogen. Die Leiche bleibt stehen, weil sie gegen den Rand des Backtrogs gelehnt ist. Wenn sich später die Leichenstarre löst, würde der Körper möglicherweise zu Boden fallen. Aber bis dahin liegt der Tote längst im Gerichtsmedizinischen Institut.«

Auf Dr. Siemers' Worte folgte ein lautes Schluchzen aus weiblicher Kehle. Erst jetzt registrierte Mona, dass sie nicht mit dem Arzt und dem Mordopfer allein war. In einer Ecke kauerte

Svea Krog, die Witwe des Toten. Neben ihr kniete Enno, der tröstend einen Arm um ihre Schultern gelegt hatte. Svea war eine dunkelblonde Frau in Monas Alter, also Anfang dreißig. Sie trug über ihren Jeans und der pastellfarbenen Bluse eine weiße Schürze, denn sie bediente normalerweise die Kundschaft vorn in der Bäckerei.

»Hast du … Joris gefunden?«, fragte die Kommissarin zögernd. Ihre Kehle fühlte sich plötzlich staubtrocken an. Svea war keine enge Freundin von ihr, aber sie kannte die Frau natürlich, denn Mona kaufte ihren Kuchen gern in der Bäckerei Krog, auch wenn diese sich nicht direkt im Ortszentrum befand. Aber von ihrer Wohnung und von der Polizeistation aus gelangte man mit dem Fahrrad innerhalb weniger Minuten dorthin. Außerdem empfand die Ermittlerin es als Vorteil, dass dieser Traditionsbetrieb eher eine Art ‚Geheimtipp‘ war. Die zentraler gelegenen Bäckereien wurden gerade in der Hauptsaison oft von Urlaubern und Tagesgästen umlagert, so dass man längere Wartezeiten in Kauf nehmen musste.

»Ja, ich wollte Joris wegen eurer Hochzeitstorte etwas fragen und ging deshalb in die Backstube – und dort habe ich ihn gefunden«, sagte Svea mit brüchiger Stimme. »Ich erkannte sofort, dass mein Mann nicht mehr lebte – also habe ich die Polizei gerufen. - Und ich kann euch auch verraten, wer seine Mörder sind!«

»Hast du sie weglaufen sehen?«, wollte der Oberkommissar wissen.

»Nein, Enno. Aber sie müssen es gewesen sein. Ich rede von Chris Thaler und Franka Bartels, das saubere Pärchen steckt gewiss unter einer Decke.«

»Das musst du uns erklären, wenn du dich dazu in der Lage fühlst«, bat Mona. Die Witwe nickte und fuhr fort: »Chris ist ein angestellter Bäcker, den wir als Saisonkraft eingestellt haben – für die Zeit bis Oktober. Er hatte gerade erst vor wenigen Tagen mit der Arbeit angefangen, erwies sich aber als faul und unzuverlässig. Chris gehört zu der Sorte von Angestellten, die grundsätzlich nie Schuld an ihrem eigenen Versagen zu haben glauben. Joris ist deshalb auch mal laut geworden, denn die Ware muss ja fertig werden. Wenn die Kunden morgens in die Bäckerei kommen, erwarten sie frische Produkte. Die haben kein Verständnis dafür, wenn unsere Mitarbeiter verschlafen.«

»Es hat also Streit zwischen deinem Mann und Thaler gegeben«, fasste die Kriminalistin zusammen. »Und wer ist Franka Bartels?«

»Die Frau arbeitet ebenfalls als Saisonkraft hier, sie sollte mir im Verkauf helfen. Du müsstest sie schon gesehen haben, Mona.«

Bei ihrem letzten Besuch der Bäckerei hatte die Kommissarin tatsächlich eine unscheinbare Person hinter der Verkaufstheke bemerkt, die für eine andere Kundin ein Vollkornbrot durch die Brotschneidemaschine jagte. Aber da Mona nur mit Joris sprechen wollte, hatte sie ihr keine Aufmerksamkeit geschenkt. Wer ständig auf Borkum lebte, bekam es immer wieder mit wechselnden Aushilfen zu tun, die nach dem Saisonende meist die Insel verließen. Einige von ihnen kehrten allerdings Jahr für Jahr zurück. Die Ermittlerin hakte nach: »Und warum denkst du, dass die beiden gemeinsame Sache gemacht haben?«

Svea antwortete: »Joris und Chris arbeiteten in der Backstube zusammen. Als ich meinen toten Mann fand, war der Aushilfsbäcker nicht mehr da. Seine Umhängetasche, die er immer mit zur Arbeit nimmt, fehlte auch. Ich rannte in den Laden zurück, um die Polizei zu rufen. Franka war in der Zwischenzeit allerdings ebenfalls verschwunden, sie hat mich im Verkauf unterstützt. Aber sie muss weggelaufen sein, als ich in der Backstube war. Sie ließ nur ihre Schürze zurück, sonst nichts.«

»Wie lange bist du denn in der Backstube gewesen?«

»Das kann ich unmöglich sagen, Mona – vielleicht fünf Minuten, auf keinen Fall länger. Ich musste ja feststellen, ob mein Mann noch lebt.«

»Kannst du mir Chris Thaler beschreiben? Als ich mit Joris wegen der Torte gesprochen habe, war er nicht dabei.«

»Das kann ich mir vorstellen«, grollte Svea und fügte hinzu: »Er nutzt ja jede Gelegenheit, um sich vor der Arbeit zu drücken. - Chris ist ungefähr eins achtzig groß, dunkelblond und hat einen Kinnbart. Auf seinen linken Unterarm hat er sich ein Spinnennetz mit einer rotäugigen Spinne tätowieren lassen.«

Während die Kommissarin diese Personenbeschreibung notierte, bemerkte sie, dass Dr. Siemers seine Untersuchung beendet hatte. Er trat von der Leiche weg und schien etwas sagen zu wollen. Sie ging zu ihm hinüber und warf ihm einen fragenden Blick zu.

»Ist es überhaupt möglich, dass ein Mensch durch Teig zu Tode kommt?«, fragte sie leise. »Könnten noch andere Faktoren im Spiel gewesen sein?«

Der Mediziner antwortete mit derselben geringen Lautstärke: »Endgültige Klarheit kann nur die Obduktion bieten. Aber je nach Beschaffenheit des Teigs ist es grundsätzlich sehr wohl denkbar. Entscheidend ist die mangelhafte Sauerstoffzufuhr. Der Täter muss das Opfer so lange mit dem Gesicht in den Backtrog gepresst haben, bis Joris Krog sich nicht mehr gerührt hat. Von der Körpertemperatur her würde ich behaupten, dass der Tod zwischen acht und elf Uhr am heutigen Morgen eingetreten ist.«

Mona rechnete zurück: Ihre Trauung hatte pünktlich um zehn Uhr begonnen, der Anruf für Enno war gegen halb elf gekommen. Sie dankte dem Arzt mit einem Kopfnicken und wandte sich an die Witwe: »Svea – weißt du noch, um welche Uhrzeit du in die Backstube gegangen bist?«

»Das muss kurz nach zehn gewesen sein«, lautete die Antwort. »Im Laden war gerade nicht so viel los, und ich wollte Joris fragen, wer eure Hochzeitstorte abholt ...«

Während sie die letzten beiden Worte aussprach, kamen ihr wieder die Tränen. Enno zog sie enger an sich und versicherte: »Wer immer deinen Mann getötet hat, wird sich dafür vor Gericht verantworten müssen. Dafür sorgen wir.«

Svea putzte sich die Nase und erwiderte: »Ich danke euch – aber ihr findet dieses Verbrecherpärchen besser, bevor mein Schwiegervater es tut. Wenn Alfred die beiden vor euch in die Finger bekommt, dann garantiere ich für nichts!«

Mona kannte auch Alfred Krog, den Seniorchef der Bäckerei. Er beteiligte sich nicht mehr am Tagesgeschäft, seit er vor einigen Jahren eine Hüftoperation gehabt hatte. Aber trotz dieser gesundheitlichen Einschränkung war der alte Bäckermeister ein kräftiger Mann, mit dem man sich besser nicht anlegte.

»Also hast du ihn auch schon darüber informiert, dass sein Sohn nicht mehr lebt?«, vergewisserte sich der Oberkommissar.

»Ja, selbstverständlich! Wir können doch diese Mörder nicht entkommen lassen!«, erwiderte Svea empört. Mona lag die Bemerkung auf der Zunge, dass die Jagd nach Verdächtigen immer noch Sache der Polizei sei – und dass eine Tatbeteiligung von Chris Thaler und Franka Bartels noch keineswegs feststand. Aber sie verkniff sich diese Worte, denn Svea war jetzt durch den Tod ihres Mannes aufgewühlt. Man konnte nicht erwarten, dass sie die Dinge nüchtern und objektiv betrachtete. Das war Aufgabe der Mordermittler.

»Du hast doch bestimmt die Mobilnummern der beiden Verschwundenen?«, forschte die Kommissarin. Die Witwe nickte und diktierte ihr die Zahlenfolgen. Währenddessen nahm Enno Kontakt mit der Wache auf, um die Überwachung des Fährhafens und des Flugplatzes zu veranlassen. Andere Möglichkeiten, Borkum zu verlassen, gab es nicht – es sei denn, die Verdächtigen hätten einen Sportbootkapitän gekannt, der sie auf seiner Yacht mitnahm. Er bat auch um ein Kriminaltechnikteam, das die Backstube auf Spuren untersuchen sollte. Außerdem informierte er einen Bestatter, der den Leichnam zum Gerichtsmedizinischen Institut Oldenburg transportieren sollte.

»Wo sind eure Angestellten einquartiert?«, fragte Mona.

»In dem Wohnheim in der Richthofenstraße«, lautete die Antwort. Die Kommissarin hatte keine große Hoffnung, die beiden Personen dort anzutreffen. Unterbringungsmöglichkeiten für Saisonkräfte waren auf Borkum rar, genau wie auf den anderen Ostfriesischen Inseln. Immerhin war es möglich, dass Nachbarn etwas aufgefallen war. Doch bevor die Kriminalistin und ihr Kollege sich verabschiedeten, musste Mona noch ein anderes Thema anschneiden. Sie wusste nicht, ob dies der richtige Zeitpunkt war – aber konnte es den angesichts der Ereignisse überhaupt geben? Enno hatte Svea inzwischen beim Aufstehen vom Boden geholfen. Die Kriminalistin sagte: »Wir haben die Hochzeitstorte noch nicht bezahlt, das möchte ich jetzt gern tun. Ich glaube nicht, dass wir sie unter diesen Umständen überhaupt anschneiden wollen, aber dein Mann soll nicht umsonst gearbeitet haben ...«

Noch während Mona diese Worte aussprach, erkannte sie ihren Fehler. Sie hatte die gefühlsmäßige Instabilität der Witwe offenbar unterschätzt. Svea reagierte mit einem Wutanfall: »Das hier war Joris' letztes großes Werk – aber wenn du es nicht zu schätzen weißt, dann will ich dafür keinen Cent haben. Dann bleibt die Torte einfach hier!«

Und bevor einer der Anwesenden sie daran hindern konnte, packte sie das mehrstöckige Backkunstwerk und pfefferte es auf den Boden. Biskuit und Verzierung, Creme und Sahne spritzten in alle

Richtungen. Aber niemand hatte mit dem Innenleben des Backwerks gerechnet. Inmitten der zerstörten Torte befand sich ein Diamanten-Collier.

# Kapitel 3

Sveas Wut wich schlagartig einer grenzenlosen Überraschung. Und auch Mona, Enno und Dr. Siemers waren verblüfft, obwohl sie in ihren Berufen oft mit unvorhersehbaren Ereignissen zu tun hatten.

»Was ist das?«, stammelte die Witwe. Die Kommissarin zog sich bereits Latexhandschuhe über, die sie ständig bei sich trug: »Ich tippe auf Schmuck im Wert von mehreren tausend Euro, den genauen Preis wird uns ein Gutachter nennen können. Mich interessiert eher die Frage, wie er in meine Hochzeitstorte gelangt ist. Wenn jemand mir das Geschmeide hätte schenken wollen, wäre das auch auf andere Art möglich gewesen. - Von Jan kommt diese Gabe jedenfalls nicht. Ich kenne die Finanzen meines Gatten. Seit wir unser Haus renovieren, haben wir unsere ganzen Ersparnisse dafür ausgegeben.«

»Du glaubst doch wohl nicht, dass Joris etwas mit dieser Kostbarkeit zu tun hat?«

»Was würdest du an meiner Stelle denken, Svea? Eben hast du noch betont, dass dein Mann vor seinem Tod dieses Kuchenkunstwerk erschaffen hat. Hätte jemand ohne sein Wissen den Schmuck in der Torte verstecken können?«

Die Witwe wich aus: »Ich kann nicht mehr klar denken, ich fühle mich nicht gut. - Mein Kreislauf spielt verrückt, Herr Doktor!«

Mit diesen Worten wandte sie sich an Dr. Siemers. Er maß ihren Blutdruck und sagte: »Ich halte es wirklich für sinnvoller, wenn Frau Krog erst einmal in Ruhe gelassen wird. Der Tod ihres Mannes hat ihr verständlicherweise sehr zugesetzt.«

»Kann sich jemand um dich kümmern?«, fragte Mona.

»Ich rufe gleich meine Freundin an«, erwiderte Svea.

»Dein Schwiegervater ist nicht daheim?«, hakte Mona nach. Sie wusste, dass Alfred Krog – wie auch sein Sohn und seine Schwiegertochter - in dem Haus in der Ankerstraße wohnte, in dessen Erdgeschoss sich Bäckerei und Backstube befanden. Die Witwe schüttelte den Kopf: »Nee – nachdem ich Joris' Vater von dem Mord erzählt hatte, ist er gleich hinausgestürmt, um sich die beiden Verbrecher vorzuknöpfen!«

*Und das sagst du uns erst jetzt?*, dachte Mona. Sie war beunruhigt. Falls Chris Thaler und Franka Bartels wirklich etwas mit dem Tod des Bäckermeisters zu tun hatten, dann befand sich

Alfred Krog in großer Gefahr. Doch wenn sie unschuldig waren und der Vater des Opfers sie anging, dann konnte die Situation trotzdem eskalieren und blutig enden. Zum Glück traf nun bald das Kriminaltechnikteam ein. Die Kommissare verabschiedeten sich und machten sich in ihrem Dienstwagen auf den Weg zur Richthofenstraße.

»Ich finde es sehr schade, dass du jetzt mit mir zusammen die ostfriesischen Bonnie & Clyde jagst, anstatt deine Hochzeit mit Jan zu feiern«, gestand Enno. Sie kniff ihm leicht in die Wange und meinte lächelnd: »Aufgeschoben ist nicht aufgehoben, wir werden noch früh genug in die *Nordsee Kajüte* kommen! Und ich frage mich, ob dein Vergleich zwischen unseren flüchtigen Verdächtigen und diesem berüchtigten US-Gangsterpärchen nicht ein wenig hinkt.«

»Das wird sich zeigen, Mona. Thaler hat sich möglicherweise nebenbei als Einbrecher oder Räuber betätigt. Er könnte den wertvollen Schmuck bei sich gehabt haben, als er von Joris überrascht wurde. Thaler erstickt seinen Chef, weil er keine Mitwisser gebrauchen kann.«

»Ja, so könnte es gewesen sein«, gab die Kommissarin zu. Sie fuhr fort: »Irgendwie passen bei dieser Geschichte die Einzelheiten nicht zusammen. Angenommen, Joris und sein Mitarbeiter hätten sich gestritten, vielleicht sogar geprügelt. Das hätte man doch vorn im Laden hören müssen. Und dann wäre Svea garantiert sofort in die Backstube gekommen. Außerdem war der Bäckermeister ein starker Kerl. Ich weiß nicht, wie Thaler gebaut ist. Aber ich halte Joris nicht für einen Mann, der sich ersticken lässt, ohne heftigen Widerstand zu leisten.«

»Da hast du recht«, meinte Enno und fügte hinzu: »Svea schien wirklich erstaunt zu sein, als sie das Diamanten-Collier erblickte. Außerdem – wenn sie gewusst hätte, dass der Schmuck in der Torte steckte, hätte sie das gute Stück wohl nicht vor den Augen von zwei Polizisten zerstört.«

»Warum steckt jemand diesen Schmuck in *meine* Hochzeitstorte?«, dachte Mona laut nach. »War das Zufall oder Absicht? Oder eine Verzweiflungstat, weil der Dieb die Beute ganz schnell loswerden musste?«

»Wir sollten erst einmal herausbekommen, ob auf Borkum momentan Schmuck als gestohlen oder verloren gemeldet wurde«, schlug Enno vor. Mona nickte und griff zum Mikrofon des Funkgeräts. Die Antwort auf ihre Anfrage bei der Wache kam prompt.

»Ja, vor ungefähr einer Stunde wurde ein Schmuckstück als gestohlen gemeldet«, teilte Polizeimeister Knudsen ihr mit. »Und herzlichen Glückwunsch zur Hochzeit, Mona!«

»Danke, Hauke«, gab Mona zurück. Normalerweise mochte sie es nicht, die Aufmerksamkeit ihrer Umgebung auf sich zu ziehen. Angesichts ihrer Körperlänge von nur eins dreiundsechzig war sie daran gewöhnt, übersehen zu werden. Aber sie war positiv überrascht davon, wie viele Menschen Anteil an ihrer Eheschließung genommen hatten.

»Wenn wir das Wohnheim überprüft haben, sollten wir Kontakt mit dem Geschädigten aufnehmen«, schlug Enno vor. »Vielleicht hat er schon einen konkreten Verdacht, was den Diebstahl angeht.«

Es dauerte nicht lange, bis die beiden ihr Fahrtziel erreicht hatten. Die Unterkunft für Saisonkräfte bestand aus einem schmucklosen Backsteinbau, der an eine kleine Kaserne erinnerte. Die Kommissare kannten den Hausmeister, der hier für Ruhe und Ordnung sorgte. Als sie das Gebäude betraten, schrubbte er gerade den Korridor.

»Moin, Fiete!«, grüßte Enno. »Fleißig wie immer, so kennt man dich.«

Der Hausmeister erwiderte den Gruß, er wirkte überrascht: »Moin, was macht ihr denn hier? Ich dachte, Mona würde heute heiraten.«

»Meine Eheschließung scheint ja das Insel-Gesprächsthema Nummer eins zu sein«, erwiderte die Kommissarin mit einem süßsauren Lächeln auf den Lippen. »Scherz beiseite, ich habe Jan bereits das Jawort gegeben – jetzt sind wir wieder beruflich unterwegs. Wir müssen dringend mit Franka Bartels und Chris Thaler sprechen. Hast du sie heute schon gesehen?«

»Nee, aber das wundert mich nicht«, gab Fiete zurück. »Die zwei arbeiten doch bei Bäckerei Krog, da ist frühes Aufstehen gefragt. Meist sind sie schon aus dem Haus, wenn ich meinen Dienst antrete.«

»Wir müssen die beiden im Zusammenhang mit einer Straftat befragen«, erklärte Mona. »Deshalb muss ich dich bitten, uns ihre Zimmer aufzuschließen. - Und bevor du fragst: Wir haben keinen Durchsuchungsbeschluss, aber es liegt Gefahr im Verzug vor.«

Fietes Gesichtsausdruck spiegelte Furcht wider. Enno klopfte ihm beruhigend auf die Schulter: »Wir haben die Lage im Griff, zeig uns bitte einfach die Räume.«

Der Hausmeister zog den Generalschlüssel hervor und ging voraus. Thaler wohnte im ersten Stockwerk. Sein Zimmer wirkte so neutral wie eine Mönchszelle und war nur mit den nötigsten Möbeln eingerichtet: Bett, Spind, Minitisch und Stuhl. Die Sanitäranlagen befanden sich am Ende des Flurs und wurden von allen Bewohnern benutzt. Mona öffnete den Schrank: »Die Kleidung ist noch da, die Reisetasche ebenfalls. Es sieht nicht so aus, als ob er nochmal ins Wohnheim zurückgekehrt wäre.«

Enno nickte und wandte sich an Fiete: »Um welche Uhrzeit fängst du mit der Arbeit an?«

»Um neun. Und seitdem bin ich die ganze Zeit über auf den Fluren zugange. Ich hätte die beiden bemerkt, wenn sie hier herumgeistern würden.«

»Was für einen Eindruck hast du von diesen Mietern?«, wollte der Oberkommissar wissen. Der Hausmeister zuckte mit den Schultern: »Ich würde sie als unauffällig beschreiben. Manche Saisonkräfte kapieren nicht, dass sie zum Arbeiten auf Borkum sind – und nicht, um Partys zu feiern. Mit solchen Leuten gibt es immer Ärger, aber über Thaler und seine Freundin kann ich nichts Schlechtes sagen – sind sie eigentlich gefährlich?«

Die Kriminalisten hatten bisher noch nicht erwähnt, dass ein Mord geschehen war. Das würde sich auf Borkum noch schnell genug herumsprechen. Mona sagte: »Für dich besteht keine Gefahr, Fiete. Aber ich möchte dich bitten, uns sofort anzurufen, sobald du die beiden wieder zu Gesicht bekommst.«

Enno hatte das kleine Zimmer gründlich durchsucht, aber nichts Verdächtiges gefunden. Sie gingen nun zu Franka Bartels' Bleibe hinüber, die genauso eingerichtet war wie der andere Raum. Mona hatte genau zugehört: »Du bist sicher, dass Thaler und Frau Bartels zusammen sind?«

Der Hausmeister antwortete lächelnd: »Glaub mir – wenn man den Job so lange macht wie ich, dann entwickelt man einen sechsten Sinn für romantische Gefühle zwischen den Bewohnern!«

Die Kommissarin hatte keinen Grund, an seinen Worten zu zweifeln. Franka Bartels war offensichtlich nicht so ordentlich wie ihr Freund. Während in Thalers Zimmer eine beinahe militärische

Übersichtlichkeit geherrscht hatte, schien Franka eher chaotisch veranlagt zu sein. Sie hatte ihre Siebensachen sinn- und planlos in den Spind gestopft und schien es nicht für nötig befunden zu haben, ihr Bett nach der Nachtruhe zu machen. Und auch beim Suchen eines guten Verstecks erwies sie sich als wenig einfallsreich. Mona fuhr mit der Hand unter die Matratze und machte sogleich einen aufschlussreichen Fund. Triumphierend hielt sie ein Einbruchbesteck hoch: »Die Dame nutzt ihre Fingerfertigkeit offenbar nicht nur, um Franzbrötchen zu verkaufen!«

Die Ermittlerin tat das Werkzeug in einen Beweismittelbeutel. Fiete bekräftigte, sich beim Auftauchen des Paares umgehend telefonisch zu melden. Die Kommissare kehrten zur Wache zurück. Während der Fahrt fasste Enno die Ereignisse zusammen: »Angenommen, Svea sagt die Wahrheit. Sie findet also die Leiche ihres Mannes – und während sie in die Backstube geht, haut ihre Saisonhelferin ab, wobei sie alles stehen und liegen lässt. Aus welchem Grund? Hat sie gewusst, dass sich in der Backstube ein Toter befindet?«

»Ihr Freund könnte ihr eine Textnachricht geschickt haben«, schlug Mona vor. »So nach dem Motto: ‚Ich musste den Chef töten – hau besser ab, sobald die Chefin nach hinten kommt‘.«

»Ja, das wäre eine Möglichkeit«, stimmte ihr Kollege zu. »Sind die Handys der Verdächtigen immer noch ausgeschaltet?«

Die Kommissarin hatte nämlich zwischenzeitlich immer wieder versucht, Christ Thaler und Franka Bartels zu erreichen – bisher vergeblich.

»Ja, da ist nichts zu machen«, gab Mona zurück.

»Die beiden wissen oder ahnen, dass bereits nach ihnen gefahndet wird«, sagte Enno. Er fuhr fort: »Wir werden ihre Einzelverbindungsnachweise anfordern, aber das dauert seine Zeit. Sie können also momentan nicht mobil miteinander telefonieren, ohne von uns geortet zu werden. Vermutlich haben sie für einen solchen Fall einen Treffpunkt ausgemacht. - Nach deinem Fund liegt die Vermutung nahe, dass Franka die Einbrecherin ist. Wobei sich natürlich die Frage stellt, warum die Beute in deiner Hochzeitstorte gelandet ist.«

»Glaub mir – das möchte niemand dringender erfahren als ich«, beteuerte die Kriminalistin. Sie schaute auf die Uhr. Ob das Hochzeitsessen schon in vollem Gang war? Eine solche

Veranstaltung ohne anwesende Braut würde sich vermutlich seltsam anfühlen. Jan tat ihr leid – nicht nur, dass ihr soeben angetrauter Ehemann auf ihre Gesellschaft verzichten musste, wahrscheinlich würde Dagmar Sander ihm auch noch mit mehr oder weniger wohlmeinenden Ratschlägen in den Ohren liegen. Zum Glück verfügte Jan über die unerschütterliche Mentalität der Inselfriesen und hatte sich zudem als Gastwirt auch noch ein dickes Fell zugelegt. Aber letztlich hatte alles seine Grenzen.

Nachdem die Kommissare die Polizeistation betreten hatten, ließen sie sich die Diebstahlsanzeige geben. Dort war tatsächlich von einem Diamanten-Collier die Rede, das nach einem Einbruch in ein Ferienhaus verschwunden war. Die Urlaubsunterkunft befand sich in der Norderreihe – zu nah bei der Wache, um das Auto zu nehmen. Die Ermittler verließen das Dienstgebäude wieder. Enno schaute auf die Uhr: »Die Fahndung nach den beiden Verdächtigen läuft bereits, alle Kollegen halten Ausschau nach ihnen. Und die Geschädigte kann ich auch allein vernehmen. Also, von mir aus kannst du gern zu deiner Hochzeitsfeier gehen, du hast doch heute eigentlich sowieso frei.«

»Was du nicht sagst!«, gab Mona augenzwinkernd zurück. Die beiden überquerten die Schienen der Kleinbahn und passierten den Drogeriemarkt. Sie fuhr fort: »Glaub mir – ich habe mir den heutigen Tag auch anders vorgestellt. Aber du weißt so gut wie ich, dass die ersten Stunden nach einem Mord entscheidend sind. Wir haben immerhin zwei Verdächtige – und wahrscheinlich gibt es einen Zusammenhang zwischen dem Diebstahl und Joris' Tod. Lass uns erst mit der Dame sprechen, dann sehen wir klarer.«

Die Geschädigte hieß Flora Haffkrug. Sie hatte ein traditionelles Friesenhaus gemietet, das vor mehr als hundert Jahren errichtet und seitdem immer wieder liebevoll restauriert worden war. Mit den niedrigen weiß gestrichenen Fensterbänken und den direkt an der Außenwand sprießenden Heckenrosen ähnelte es dem zukünftigen Heim der Kommissarin, obwohl bei dem Haus in der Grönlandstrate noch viel Arbeit getan werden musste. Enno klingelte, und wenig später wurde die Tür geöffnet. Die Frau, die den Ermittlern aufgemacht hatte, war schätzungsweise Anfang siebzig. Sie trug ihr weißes Haar kurz geschnitten. Ihre schlanke Figur und ihre gebräunte Haut deuteten darauf hin, dass sie viel Zeit mit Bewegung an der frischen Luft verbrachte.

»Moin, ich bin Oberkommissar Moll. Das ist Kommissarin Sander«, sagte der Ostfriese freundlich. »Sie sind Frau Haffkrug?«

»Ja, so ist es. Treten Sie doch bitte näher. Der junge Polizist sagte, dass man sich baldmöglichst um meine Anzeige kümmern würde. Das ging ja schnell ... nun ja, Sie haben auf einer so friedlichen Insel wie Borkum wahrscheinlich nicht viel zu tun.«

*Wenn du wüsstest,* dachte Mona. Sie folgten der Geschädigten ins Haus. Flora Haffkrug trug eine weit geschnittene Marlene-Hose aus weißem Leinen und ein blau-weiß gestreiftes T-Shirt. Die Ferienunterkunft war gemütlich eingerichtet. Die Kommissare kannten sie von früheren Einsätzen. Sie bot bequem Platz für vier Personen, aber die Frau schien allein hier zu leben.

»Am besten zeige ich Ihnen zunächst, wo die Einbrecher hereingekommen sind.«

Mit diesen Worten ging Flora Haffkrug zu einem Fenster im Wohnzimmer, das aufgehebelt worden war. Man musste kein Meisterdetektiv sein, um dies zu erkennen. Am hölzernen Fensterrahmen waren die Werkzeugspuren gut zu sehen.

»Wann haben Sie den Einbruch bemerkt?«

»Heute Morgen, als ich von meiner Schwimmrunde kam, Herr Moll. Aber ich kann Ihnen nicht genau sagen, wann die Verbrecher im Haus waren. Es könnte auch nachts geschehen sein, während ich geschlafen habe. Mir läuft ein kalter Schauer über den Rücken, wenn ich daran denke ...«

»Wie spät war es, als Sie ins Haus zurückkehrten?«, fragte Mona.

»Das muss so gegen neun Uhr gewesen sein«, antwortete die Geschädigte. Sie fuhr fort: »Ich frühstücke nicht, bevor ich zum Strand oder ins *Gezeitenland* gehe. Danach lasse ich es dann gemütlich angehen, mit Tee, Toast, Rührei und Orangensaft. Aber ich frühstücke ja in der Küche, also bin ich erst eine halbe Stunde später kurz ins Wohnzimmer gegangen, um zu lüften. Und da habe ich das beschädigte Fenster bemerkt!«

»Hier gibt es keine Spuren von Verwüstung«, stellte der Oberkommissar fest. »Wurde von Ihnen etwas verändert? Ich frage, weil Einbrecher erfahrungsgemäß alle Schubladen herausreißen und Matratzen aufschlitzen, während sie nach ihrer Beute suchen – es sei denn, sie kennen den Aufbewahrungsort der Wertsachen.«

Frau Haffkrug schüttelte den Kopf wie eine Lehrerin, die einen uneinsichtigen Schüler tadeln muss. *Irgendwie erinnert sie mich an meine Mutter,* dachte die Kriminalistin und versuchte, sich ein Grinsen zu verkneifen. Flora Haffkrug sagte: »Das ist völlig unmöglich. Ich lebe allein hier, bin seit vielen Jahren geschieden und außerdem kinderlos. Wo ich mein Collier aufbewahrt habe, weiß niemand außer mir selbst.«

»Dazu kommen wir noch«, erwiderte Mona. Sie zog ihr Smartphone hervor und präsentierte ein Foto von dem Diamanten-Collier, das sie in der Backstube gemacht hatte: »Kennen Sie diesen Schmuck?«

Flora Haffkrug, die bisher halbwegs ruhig und ausgeglichen gewirkt hatte, wurde plötzlich ganz aufgeregt: »Ja, dabei handelt es sich eindeutig um mein Eigentum! Sie haben das Collier also bereits sichergestellt? Aber warum ist es mit Sahne beschmiert? Oder ist das Buttercreme?«

»Beides«, gab die Kommissarin zurück und ergänzte: »Es mag sich seltsam anhören, aber Ihr Schmuck befand sich in einer Torte. Und wir können Ihnen das Collier vorerst nicht zurückgeben, weil diese Torte in Zusammenhang mit einem Mordfall steht. - Sagt Ihnen der Name Joris Krog etwas?«

»Nein, den habe ich noch nie gehört.«

Enno kam auf einen anderen Gesichtspunkt zu sprechen: »Ich würde jetzt gern sehen, wo genau Sie das Collier aufbewahrt haben.«

Frau Haffkrug errötete, als ob der Oberkommissar ihr einen zweideutigen Antrag gemacht hätte. Dann sagte sie: »Also gut, dann folgen Sie mir bitte.«

Sie stieg die steile Treppe zum ersten Stockwerk hoch und lotste die Ermittler in ihr Schlafzimmer. Dort deutete sie auf die Schublade des Nachtschranks: »Dort lag es. Sie können sich meinen Schock vorstellen, als ich den Verlust bemerkte. Und ich kann nicht sagen, wann genau der Diebstahl passiert ist. Vielleicht sogar in der Nacht, während ich dort schlief.«

Sie deutete mit zitterndem Finger auf ihr Bett. Mona wusste, dass es besonders kaltblütige Einbrecher gab, die sogar in Gegenwart ihrer Opfer diese ausplünderten. Darüber wollte sie allerdings nicht reden. Stattdessen sagte sie: »Ich kann nicht glauben, dass der Täter zufällig ausgerechnet diese Lade aufgezogen hat. Meiner Meinung nach suchte er gezielt nach diesem Schmuck – er muss sehr wertvoll sein, nicht wahr? Vermutlich ist der Verbrecher nur wenige Minuten im Haus gewesen.«

Flora Haffkrug ging auf den letzten Satz ein: »Soll mich das jetzt trösten? Ich bin ja froh, dass Sie meinen Schmuck schon wiedergefunden haben – aber was hat es mit dem Mord auf sich, von dem Sie gerade sprachen? Übrigens ist der Wert meines Schmucks unermesslich. Rein vom Material her würde das Geschmeide mindestens 20.000 Euro bringen, aber da es sich um ein Familienerbstück handelt, ist er unersetzlich.«

»Jemand *muss* gewusst haben, dass Sie Ihr Diamanten-Collier im Nachtschrank aufbewahren«, beharrte Mona.

»Sie sind wirklich hartnäckig, Frau Sander! Also gut, meine Patentochter kennt diese alte Angewohnheit von mir. Immer, wenn ich auf Reisen bin, nehme ich meinen Schmuck mit und bewahre ihn der Nachttischschublade auf. Natürlich ist das nicht wirklich sicher, und es gibt heutzutage ja auch in vielen Ferienhäusern oder - wohnungen bereits Safes. Aber denen traue ich nicht – wenn so ein Tresor geschlossen ist, dann wissen die Ganoven doch sofort, dass sich etwas Wertvolles darin befinden muss. Aber sie nehmen doch wohl nicht an, dass jemand so wertvollen Schmuck ungesichert weglegt.«

*Ja, weil außer dir niemand so dumm ist,* dachte Mona, sprach diese Worte aber natürlich nicht aus.

»Und wie lautet der Name Ihres Patenkindes?«, wollte Enno wissen.

»Ist es nicht Zeitverschwendung, wenn Sie sich nach ihr erkundigen? Sie heißt Franka Bartels – und hat ganz gewiss mit diesem Einbruch nicht das Geringste zu tun!«

# Kapitel 4

Für einen Moment herrschte Stille in dem Ferienhaus, abgesehen von übermütigen Klingeln eines Tandems, das draußen auf der Norderreihe vorbeifuhr. Frau Haffkrug merkte natürlich, dass der Name den Kommissaren etwas sagte: »Was ist mit Franka? Steckt sie in Schwierigkeiten?«

»Wir müssen dringend mit ihr sprechen, sie ist entweder Zeugin oder Beschuldigte in einem Strafverfahren«, stellte die Kommissarin klar. Sie nutzte bewusst harte Worte, damit die Geschädigte den Ernst der Lage erkannte.

»Wollen Sie sagen, dass Franka sich auf Borkum befindet?«

Frau Haffkrugs Frage hörte sich wirklich erstaunt an. Mona war nicht sicher, ob sie den Ermittlern etwas vorspielte oder wirklich nicht wusste, dass ihre Patentochter auf der Insel gejobbt hatte.

»Fangen wir doch mal anders an«, schlug die Kommissarin vor. »Wann haben Sie das letzte Mal von Franka gehört?«

»Das war vor ungefähr drei Monaten. Ich hatte ihr zum Geburtstag einen Brief mit einer kleinen Finanzspritze geschickt, worauf sie mich anrief und sich bedankte«, lautete die Antwort.

»Ist das die Mobilnummer Ihrer Patentochter?«

Mit diesen Worten zeigte Mona Frau Haffkrug die Zahlenfolge, die sie von Svea Krog bekommen hatte. Flora Haffkrug nickte eifrig: »Ja, das ist sie! Aber … ich verstehe das alles nicht.«

»Franka Bartels jobbte als Verkäuferin in der Bäckerei Krog, als am heutigen Vormittag ihr Chef ermordet wurde«, erklärte Mona und fügte schnell hinzu: »Momentan spricht nichts dafür, dass sie die eigentliche Tat begangen hat. Aber sie könnte eine wichtige Zeugin sein und den Mörder kennen, darum müssen wir sie unbedingt finden.«

Während die Kommissarin sprach, senkte Flora Haffkrug immer weiter den Kopf. Die Sätze schienen wie Schläge auf sie einzuprasseln. »Ich hatte mir so gewünscht, dass Franka bildlich gesprochen die Kurve kriegt und die Finger von krummen Sachen lässt, nachdem sie ihre Jugendstrafe verbüßt hatte«, murmelte sie und fügte bitter hinzu: »Ich hätte Franka einiges zugetraut – aber nicht, ausgerechnet ihre Patentante zu bestehlen. Andererseits ist es nur konsequent – wenn man schon kriminell wird, dann sollte man

31

dort zuschlagen, wo es sich lohnt. Sonst könnte man ja auch einem Bettler 50 Cent aus seinem Pappbecher klauen.«

»Sie würden sich als vermögend bezeichnen?«

»Das denke ich schon, Herr Moll. Ich war Geschäftsführerin bei einem international tätigen Logistikunternehmen, bevor ich in den Ruhestand trat. Und ich besitze nach wie vor ein hübsches Aktienpaket dieser Firma, ich kann mich also über Geldmangel nicht beklagen. - Bei dem Collier handelt es sich hingegen um ein Erbstück, das meiner Urgroßmutter von ihrem Bräutigam geschenkt wurde. Seitdem befindet es sich in Familienbesitz. Sie können sich also vorstellen, wie sehr ich an diesem Stück hänge. Ich verbinde damit zahlreiche Erinnerungen.«

»Und wie kam es dazu, dass Sie Franka Bartels' Patentante wurden?«, wollte Mona wissen. Flora Haffkrug antwortete: »Ihr Vater Robert Bartels arbeitete eine Zeitlang mit mir zusammen, als ich noch im Berufsleben stand. Ich freundete mich mit der Familie an, seine Frau Regina war mir ebenfalls sympathisch. Ich freute mich sehr, als die beiden mich baten, die Patenschaft für Franka zu übernehmen. Leider entwickelte das Mädchen sich in eine ungute Richtung. Schon als Teenager wurde sie straffällig, beging Ladendiebstähle und prügelte sich mit Jungen. Nach ihrer Volljährigkeit hatten die Eltern überhaupt keinen Einfluss mehr auf sie. Zu dieser Zeit bekam Robert die Chance, in den USA unsere dortige Niederlassung zu leiten. Er bot natürlich seiner Tochter an, ihn und seine Frau nach Atlanta zu begleiten. Aber Franka wollte davon nichts wissen. Ich musste ihren Eltern versprechen, ein Auge auf sie zu haben. Und tatsächlich bildete ich mir ein, dass ich bei Franka das Ruder noch herumreißen könnte. Zumal sie einen jungen Mann kennenlernte, der einen guten Einfluss auf sie auszuüben schien … ich war immer stolz auf meine Menschenkenntnis, aber bei dieser jungen Frau habe ich mich wohl gründlich getäuscht.«

»Kennen Sie den Namen von Frankas Freund?«

»Er heißt Christoph Thaler, Frau Sander. Meine Patentochter hat ihn einmal mitgebracht, als sie mich vor ungefähr einem Jahr in meinem Haus in Paderborn besucht hat. Er wirkte auf mich sehr zurückhaltend, vielleicht wurde Christoph ja von meinem Wohlstand eingeschüchtert. Er arbeitete als Bäckergeselle, was ja ein ehrenwerter Beruf ist – Handwerk hat goldenen Boden, diesen Spruch werden Sie gewiss auch kennen.«

Falls Frau Haffkrugs Einschätzung stimmte, dann schien es mit der Einflussnahme eher umgekehrt gewesen zu sein – Franka hatte Thaler scheinbar mit sich in den Abgrund gezogen. Aber Mona ermahnte sich, kein vorschnelles Urteil zu fällen.

»Wusste Ihre Patentochter, dass Sie Urlaub auf Borkum machen?«, hakte sie nach.

»Es kann sein, dass ich es mal erwähnt habe, denn ich telefoniere ja regelmäßig mit Franka – ja, jetzt erinnere ich mich! Sie sagte, dass sie mich mal auf der Insel besuchen wollte. Daraufhin gab ich ihr die Adresse meines Ferienhauses – aber woher hätte ich ahnen können, dass sie mich bestehlen würde? Sie behauptete, eine Anstellung in einem Drogeriemarkt in Münster gefunden zu haben und sich von schlechter Gesellschaft fernzuhalten. Ich glaubte ihr, weil ich es glauben *wollte*.«

Den letzten Satz brachte Flora Haffkrug mit einer gewissen Bitterkeit hervor, was Mona verstehen konnte. Die Umstände des Einbruchdiebstahls schienen vorerst geklärt zu sein – aber warum Joris Krog sterben musste, war für die Kommissarin immer noch völlig rätselhaft.

»Also war Ihnen nicht bekannt, dass Ihre Patentochter momentan auf Borkum arbeitet?«

Frau Haffkrug reagierte genervt auf Ennos Frage: »Das habe ich ja wohl klar und deutlich zum Ausdruck gebracht, Herr Moll! Und momentan interessiert mich hauptsächlich, wann ich mein Collier zurückbekomme – und ob es Franka gutgeht!«

»Was den Schmuck angeht, so werden Sie sich noch gedulden müssen – und nach Ihrem Patenkind wird bereits intensiv gefahndet«, gab der Oberkommissar geduldig zurück. »Sobald ...«

Er konnte den Satz nicht beenden, denn sein Smartphone klingelte. Er sagte nur ein paar Worte, dann wandte er sich an Flora Haffkrug: »Wir haben einen dringenden Einsatz, lassen Sie uns das Gespräch später fortsetzen. Auf der Diebstahlsanzeige ist ja Ihre Telefonnummer vermerkt.«

Bevor die Geschädigte etwas erwidern konnte, eilte er hinaus. Mona blieb nichts anderes übrig, als ihm zu folgen.

»Was ist passiert, Enno?«, fragte sie, sobald die beiden das Ferienhaus verlassen hatten.

»Der Anruf kam von Aiske Berend. Unsere Kollegin wurde zu einer Körperverletzung gerufen, bei dem Opfer handelt es sich anscheinend um Chris Thaler. Mehr Informationen habe ich auch noch nicht – außer, dass die Tat sich am Waldlehrpfad abgespielt hat – und eine Verhaftung konnten die Kollegen auch schon vornehmen!«

*

Die Kommissare holten schnell ihren Dienstwagen und fuhren Richtung Ostfriesenstraße. Von der Wache bis zum Waldlehrpfad, der sich im Naturschutzgebiet befand, waren es mit dem Auto knapp zehn Minuten. Während die beiden sich auf ihr Fahrtziel zubewegten, sprachen sie weiter über den Fall.

»Was denkst du über die betuchte Dame, Enno?«

Der Oberkommissar lächelte und antwortete: »Es ist mir nicht entgangen, dass ihr wohl keine Freundinnen werdet.«

»Frau Haffkrug erinnert mich zu sehr an meine Mutter, wie du dir wahrscheinlich schon gedacht hast! Na ja, wenigstens hat sie nicht *Kindchen* zu mir gesagt. Man muss ja auch für Kleinigkeiten dankbar sein. Ich frage mich, ob der Einbruch sich wirklich so abgespielt hat, wie von ihr behauptet.«

»Es kam mir schon glaubwürdig vor, dass sie nichts vom Saisonjob ihrer Patentochter gewusst haben will. Und wenn sie Franka Bartels verdächtigen würde, hätte sie dies auch gleich beim Aufgeben der Strafanzeige erwähnen können«, gab Enno zu bedenken.

»Außer dem Collier scheint Flora Haffkrug nichts gestohlen worden zu sein – oder sie hat es noch nicht bemerkt«, erwiderte Mona und fügte hinzu: »Momentan ist die Patentochter die einzige Verdächtige, was den Einbruch angeht. Ich bin gespannt, was uns am Waldlehrpfad erwartet.«

Die Kommissare erblickten schon von weitem ein Polizeiauto, Dr. Siemers' Fahrzeug sowie einen Rettungswagen, die am Barbaraweg standen. Dort begann der schmale Weg, der zwischen den kleinwüchsigen und von zahllosen Stürmen gekrümmten Bäumen hindurchführte. Hier standen in regelmäßigen Abständen Schautafeln, auf denen über die Borkumer Pflanzenwelt informiert wurde. Ob Thaler und Franka Bartels sich hier hatten treffen wollen, nachdem sie aus der Bäckerei verschwunden waren? Mona musste an ein hinterhältiges Katz-und-Maus-Spiel denken, zu dem sie vor nicht allzu langer Zeit von einem Mörder herausgefordert worden war. Auch in dem Fall hatte der Waldlehrpfad eine gewisse Rolle gespielt. Und am Ende der Geschichte war der Täter schließlich festgenommen worden.

Als die Ermittler ausstiegen, konnten sie schon von weitem wütende Flüche hören. Im Näherkommen bot sich ihnen eine dramatische Szene. Alfred Krog lag flach auf dem Bauch, seine Hände waren hinter dem Rücken mit Handschellen gefesselt worden. Trotzdem ließ der alte Bäcker sich scheinbar überhaupt nicht beruhigen.

»Was wollt ihr von mir? Der Dreckskerl hat bekommen, was er verdient!«, wiederholte er mehrfach. Mona und Enno mussten nicht rätseln, wer damit gemeint war. Während die uniformierten Kollegen Aiske Berend und Claas Lammer den Wütenden zu beruhigen versuchten, lag ein junger Mann wenige Meter von ihm entfernt auf dem Boden. Es musste sich um Thaler handeln – der Kinnbart war ebenso wenig zu übersehen wie das Tattoo mit dem Spinnennetz auf seinem Unterarm. Er wurde von Dr. Siemers behandelt, der offensichtlich auch nicht zu Monas Party gegangen war und gleich seinen Dienst wieder aufgenommen hatte. Die Sanitäter hielten sich in seiner Nähe bereit. Auch die Kommissare blieben in einiger Entfernung stehen, um den Mediziner nicht bei der Arbeit zu stören. Als der Arzt die beiden bemerkte, sagte er: »Der Patient ist bewusstlos, es besteht der Verdacht auf einen Schädelbasisbruch. Er ist mit einer Eisenstange niedergeschlagen worden. Wir müssen ihn sofort ins Krankenhaus schaffen.«

»Der Schuft hat meinen Sohn getötet – und nun kriegt er eine Chefarztbehandlung!«, klagte Alfred Krog. Enno war mit dem Verdächtigen per Du, während Mona ihn immer noch siezte. Joris' Vater war erheblich älter als die Kommissarin und hatte ihr noch nicht das Du angeboten. Der Oberkommissar ging zu Krog herüber: »Wir nehmen dich mit zur Wache, dort klären wir alles. - Bist du über deine Rechte belehrt worden?«

»Ja, verflucht. Aber ich bereue nichts!«

»War noch jemand in der Nähe, als du Thaler getroffen hast?«

»Nee, ich hab keine Menschenseele gesehen.«

Während Enno mit Alfred Krog sprach, wandte Mona sich an ihre Kollegin in Uniform: »Wie ist euch der Zugriff so schnell gelungen?«

»Claas und ich waren auf Routinepatrouille, natürlich haben wir auch nach den beiden gesuchten Personen Ausschau gehalten«, berichtete Aiske. »Plötzlich hielt uns eine Radfahrerin an. Sie hatte beobachtet, wie ein älterer Mann beim Waldlehrpfad einen jüngeren niedergeschlagen hatte – vor wenigen Minuten. Wir rasten sofort hierher und erwischten Alfred Krog dabei, wie er die Taschen des Bewusstlosen durchwühlte. Er versuchte zu fliehen – aber wir konnten ihn verhaften, wie du siehst.«

»Ja, das war gute Arbeit. Habt ihr ihn gefragt, was er gesucht hat?«

»Natürlich, Mona. Aber wir bekamen keine vernünftige Antwort. Er rief nur immer wieder, dass er den Tod seines Sohnes rächen wollte.«

Wie war es dem alten Bäcker gelungen, Thaler aufzuspüren? Hatte der Angestellte sich schon zuvor in diesem Teil Borkums herumgetrieben, der ziemlich weit von der Ankerstraße entfernt war? Und natürlich interessierte sich die Kommissarin auch brennend dafür, wonach Alfred Krog Ausschau gehalten hatte. Die Polizeimeisterin zeigte ihr, was sie bei dem alten Herrn sichergestellt hatten: Ein abgegriffenes Taschenmesser, das ihm vermutlich schon seit seiner Jugend gehörte. Außerdem seinen Personalausweis, seine Krankenkassenkarte und ein Portemonnaie mit 62,50 Euro darin sowie ein benutztes Papiertaschentuch. Mona bemerkte aus dem Augenwinkel, dass die Sanitäter nun Thaler auf die Trage hievten.

»Habt ihr seine Taschen geleert?«, fragte sie. Einer der Männer nickte und überreichte ihr eine Plastiktüte. Darin befanden sich ein ziemlich neues Smartphone, eine Geldklemme mit zehn 100-Euro-Scheinen sowie ein Schlüsselbund. Warum trug der Saisonarbeiter so eine relativ große Bargeldsumme bei sich? Hatte er sie als Honorar bekommen – und falls ja, wofür? Die Kriminalistin konnte sich allerdings nicht vorstellen, dass ein Auftragsmörder sich mit diesem Betrag abspeisen ließ. Außerdem war sie noch nicht vollständig überzeugt davon, dass Thaler wirklich Joris Krogs Leben ausgelöscht hatte.

*Hoffentlich ist dieser Unglücksrabe bald wieder vernehmungsfähig,* dachte sie und versuchte, das Telefon einzuschalten. Aber es musste durch einen Fingerabdruck des Besitzers entsperrt werden.

»Moment noch!«, rief sie und eilte den Sanitätern hinterher, die Thaler gerade in den Rettungswagen schoben. Sie versuchte es auf gut Glück, indem sie seinen rechten Zeigefinger für die Identifizierung nutzte. Erfahrungsgemäß nutzten viele Handybesitzer diesen Finger, um den Zugang zu ihrem Gerät zu sichern. Es klappte – das Smartphone wurde entsperrt. Die Polizisten hatten inzwischen Alfred Krog vom Boden hochgehoben.

»Ihr schafft den Herrn bitte zur Wache, um ihn erkennungsdienstlich zu behandeln«, sagte Enno. Er fügte hinzu: »Ich kümmere mich dann später um ihn.«

»Erkennungsdienst, so ein Quatsch!«, schimpfte der alte Bäcker. »Ihr wisst doch alle, wer ich bin!«

*Ja, nicht jede Straftat lässt sich so schnell aufklären wie diese,* dachte Mona. Sie hoffte, dass Alfred Krog zugänglicher sein würde, wenn er sich erst ein wenig beruhigt hatte. Sein Angriff auf Thaler war jedenfalls massiv gewesen. Sie schaute den Uniformierten nachdenklich hinterher, als sie den Festgenommenen in das Polizeiauto setzten und mit ihm davonfuhren.

»Was geht dir durch den Kopf?«, fragte Enno, dem ihre momentane Stimmung natürlich nicht entgangen war.

»Alfreds Verhalten ist widersprüchlich, findest du nicht? Vom Gefühl her kann ich verstehen, dass er den Tod seines Sohns rächen will – auch wenn ich es natürlich nicht billigen kann. Aber warum bleibt er dann bei seinem bewusstlosen Opfer und durchforstet dessen Taschen? Würde so ein Mann handeln, der es einfach nur auf Joris' mutmaßlichen Mörder abgesehen hat?«

»Dieser Frage werde ich nachgehen, wenn ich Alfred vernehme – und du fährst jetzt bitte endlich zu deiner eigenen Hochzeitsfeier!«

Es geschah selten, dass Enno ihr gegenüber einen strengen Tonfall anschlug. Sie versuchte es trotzdem mit einem Widerspruch: »Aber ich ....«

»Das ist eine dienstliche Anweisung, Frau Sander«, betonte der Oberkommissar. Dann fuhr er etwas sanfter fort: »Ich komme nach, sobald es mir möglich ist. Wir haben noch gar nicht auf dein Eheglück angestoßen.«

»Also gut, ich füge mich«, erwiderte sie. »Und ich werde dafür sorgen, dass für dich genug vom Hochzeitsessen warmgestellt wird.«

# Kapitel 5

Mona hätte zu gern erfahren, ob Thalers Smartphone Hinweise auf den Mord an Joris Krog oder Franka Bartels' Aufenthaltsort enthielt. Aber natürlich musste sie dieses Gerät ihrem Kollegen überlassen, bevor sie sich vom Tatort verabschiedete. Dr. Siemers fuhr mit seinem Pkw gleich der Ambulanz hinterher. Die Kommissarin rief einen der Taxifahrer an, die auf Borkum arbeiteten.

»Moin, kannst du mich beim Barbaraweg abholen?«

»Was machst du denn da, bist du entführt worden?«, lautete die Gegenfrage. Dann fügte er hinzu: »Ich bin in zehn Minuten bei dir. - Und herzlichen Glückwunsch zur Hochzeit!«

Mona bedankte sich, war aber auch etwas irritiert. Warum hätte sie gekidnappt worden sein sollen? Dann fiel ihr die Sitte mit der Brautentführung ein. Zum Glück war keiner ihrer Gäste auf diesen traditionellen Ulk verfallen. *Wer weiß, was die Rasselbande noch plant,* ging es ihr durch den Kopf. Inzwischen wunderte sie sich nicht mehr darüber, dass auch der Taxifahrer über ihre Eheschließung Bescheid wusste. Scheinbar war die ganze Insel bestens informiert. Sie hätte gern weiter mit Enno über die Ermittlungen gesprochen – allerdings hatte er ihr ja förmlich verboten, sich an diesem Tag weiter mit dem Fall zu beschäftigen. Also ließ sie ihren Kollegen für den Moment in Ruhe und wartete einfach nur auf das Taxi. Doch während Mona dies tat, kreisten ihre Gedanken weiterhin um Joris Krogs Tod. Sie konnte einfach nicht auf Kommando abschalten, obwohl dieser Tag so große Veränderungen in ihr Leben brachte. Wie viel wusste sie eigentlich über das Mordopfer? Es kam selten vor, dass die Kommissarin mehrfach mit einer Person sprechen konnte, bevor diese durch ein Gewaltverbrechen aus dem Leben gerissen wurde. Hatte Joris in letzter Zeit anders auf sie gewirkt, bedrückt oder verängstigt? Davon konnte keine Rede sein. Und würde er sich Mona nicht anvertraut haben, wenn es jemand auf ihn abgesehen hatte? Grundsätzlich schon – vorausgesetzt, dass Joris nicht selbst Dreck am Stecken hatte. Aber vielleicht waren diese Überlegungen viel zu weit hergeholt. Thaler konnte seinen Chef in einem Anfall von Jähzorn im Teig erstickt haben.

*Diese Lösung ist Ihnen wohl zu einfach, Frau Sander?* Mona sah in ihrer Fantasie ihren Chef vor sich, wie er genau diesen Satz von sich geben würde. Vielleicht hatten die Borkumer Mordermittler es diesmal wirklich mit einem ungeplanten Verbrechen zu tun, weil bei Thaler einfach die Sicherungen durchgebrannt waren. Und wie passte das Diamanten-Collier in dieses Bild? Bevor ihr eine plausible Antwort auf diese Frage einfiel, erschien das Taxi. Sie rief ihrem Kollegen einen Gruß zu und stieg ein.

»Fährst du mich bitte zur *Nordsee Kajüte*? Ich fürchte, dass ich schon einen Großteil meiner eigenen Hochzeitsfeier verpasst habe.«

Der Mann am Lenkrad nickte nur und steuerte sein Fahrzeug Richtung Hafen. Er wusste natürlich, dass Mona Polizistin war und nicht über laufende Ermittlungen sprechen durfte. Und da der Fahrer Inselfriese war, vermied er ohnehin unnötiges Geschwätz. Es gab allerdings auch Einheimische, die diesem Klischeebild widersprachen – Grietje Smit beispielsweise. Während der Fahrt auf der geraden Reedestraße Richtung Yachthafen nahm Mona sich fest vor, Ennos Wunsch nachzukommen und den Rest des Tages mit ihren Gästen zu feiern. Fröhlicher Sommerpop klang ihr entgegen, als sie wenig später die Tür zu dem gemütlichen Seglerlokal ihres Ehemanns aufstieß. Es gab ein großes Hallo, als die Anwesenden ihre Ankunft bemerkten.

»Da ist ja die verlorene Braut endlich!«, rief ein Witzbold. »Wir dachten schon, jemand hätte Mona entführt!«

*Bring bloß niemanden auf dumme Ideen,* sagte sie in Gedanken zu dem Kerl, während sie lachte und sich ein Glas Sekt in die Hand drücken ließ. Und plötzlich war Jan neben ihr.

»Ich habe dich vermisst«, sagte er leise und zog sie an sich.

»Das geht mir genauso«, erwiderte sie und gab ihm einen Kuss. Dann fügte sie hinzu: »Ich muss dir etwas beichten.«

»Du willst dich schon wieder scheiden lassen?«

»Doofmann! Nee, so schnell wirst du mich nicht wieder los. - Ernsthaft: Unsere Torte können wir vergessen. Das wäre an sich nicht so schlimm, Joris' gewaltsamer Tod ist der eigentliche Schock. Und unsere Torte hat irgendetwas damit zu tun.«

Sie erwähnte das Diamanten-Collier nicht, denn Einzelheiten ihrer Ermittlungen konnte und wollte sie nicht mit Jan besprechen. Er strich ihr übers Haar und sagte: »Du und Enno werdet diesen Fall schon lösen, so wie die anderen zuvor auch. - Und nun versuch bitte, dich zu amüsieren.«

»Das werde ich tun – indem ich dich auf die Tanzfläche zerre!«

Mona machte ihre Drohung wahr, indem sie Jan bei der Hand nahm und mit ihm zu der Hälfte des Gastraums ging, die als *Dancefloor* dienen sollte. Dort traf sie auch Grietje wieder, die schon eine ziemliche Schlagseite hatte.

»Ich heirate nie, hörst du? Und wenn ich noch so viele Brautsträuße fange!«, trompetete sie.

Mona legte den Arm um ihre junge Kollegin: »Wie du meinst … aber vielleicht solltest du etwas kürzertreten.«

»Ich weiß, dass ich einen kleinen Schwips habe«, nuschelte Grietje. »Aber Freerk Timpe hat sich mit Doppelkorn richtig abgeschossen. Immerhin flippt er nicht aus – ihm ist wohl noch bewusst, dass er sich auf einer Party voller Polizisten befindet!«

Grietje deutete auf den Ganoven, der wie ein Häufchen Elend in einer Ecke hockte. Er wurde von der ausgelassenen Stimmung offenbar nicht angesteckt. Vielleicht, weil er sich als Außenseiter fühlte? Manche Leute konnten wahrscheinlich nicht nachvollziehen, warum die Kommissarin ihn überhaupt zu ihrer Hochzeit eingeladen hatte. Gewiss, er war ein mehrfach vorbestrafter Kleinkrimineller. Andererseits hatte er der Polizei manchmal schon wertvolle Hinweise gegeben, die nur ein Mann wie er aufschnappen konnte.

»Ich werde Timpe mal ein bisschen trösten. - Jan, das Tanzen muss noch etwas warten, einverstanden?«

Ihr Gatte gab sich keine Mühe, seine Erleichterung zu verbergen. Mona erinnerte sich schmunzelnd an den Tangokurs, den sie vor Jahren mit Jan gemacht hatte. Auch damals war seine Begeisterung überschaubar gewesen.

»Aber nicht gleich untreu werden!«, rief Grietje. Im nächsten Moment machte sie ein Gesicht, als ob sie am liebsten ihre Zunge verschluckt hätte. Die Polizeimeisterin war bei ihrem Wunsch, witzig sein zu wollen, in ein Fettnäpfchen getreten. Vor einiger Zeit hatte Mona ihren Jan nämlich einmal betrogen, was sie zutiefst bereute – und wovon praktisch alle Anwesenden wussten. Grietje errötete vor Verlegenheit: »Ich geh mir besser mal die Nase pudern.«

*Hoffentlich fällst du ins Klo!*, dachte die Kommissarin wütend. Eigentlich war sie auf sich selbst sauer, denn ohne ihren Seitensprung wäre diese Situation gar nicht entstanden. Andererseits: War nicht letztlich dieser unselige *One-Night-Stand* für Jan der Anstoß gewesen, Mona einen Heiratsantrag zu machen? Die Ermittlerin verdrängte diesen Gedanken und setzte sich neben ihren traurigen Gast.

»Was ist dir denn für eine Laus über die Leben gelaufen, Freerk? Bist du enttäuscht, weil ich Jan und nicht dich geheiratet habe?«, scherzte sie. Der dürre und ungepflegte Ganove entsprach überhaupt nicht ihrem Männergeschmack. Aber irgendwie mochte sie ihn, denn er kümmerte sich immerhin um seine hochbetagte Tante. Und Mona gab die Hoffnung nicht auf, dass Timpe irgendwann damit aufhören würde, gegen Gesetze zu verstoßen. Bisher war dieser Unglücksrabe nach seinen Straftaten nämlich meist sehr schnell vor Gericht gelandet – wozu die Kommissarin mehrfach beigetragen hatte.

»Du bist immer gut zu mir gewesen, Mona«, lallte er. »Ich komme mir richtig schäbig vor!«

»Warum denn, Freerk? Sieh dich nur um – mindestens die Hälfte meiner männlichen Gäste hat ebenfalls keinen Schlips angelegt. Zugegeben, du hättest heute Morgen ein Deo benutzen können. Aber wenn die Leute erst einmal länger getanzt haben, riechen die meisten von ihnen auch nicht mehr angenehm.«

Der Kleinkriminelle schüttelte den Kopf: »Nein, darum geht es nicht. Ich weiß, dass ich kein Traumtyp bin. Es ist schön, dass du mich eingeladen hast. Aber eigentlich verdiene ich deine Freundlichkeit gar nicht.«

»Du hast deine letzte Strafe verbüßt, und deshalb gebe ich dir eine neue Chance«, stellte sie resolut klar. Timpe senkte seinen Schädel noch weiter, er konnte der Kommissarin nicht in die Augen sehen: »Vielleicht habe ich ja seitdem wieder Mist gebaut – aber ich schwöre, dass ich dir nicht schaden wollte.«

Mona horchte auf. Schlagartig verflog die Wirkung des Sekts, den sie soeben getrunken hatte. Die Kriminalistin fühlte sich stocknüchtern.

*Was hat dieser Pechvogel denn jetzt schon wieder angestellt?*, fragte sie sich.

»Es ist besser, wenn du auspackst«, machte sie deutlich. Timpe seufzte und fuhr sich mit der Rechten durch sein strähniges halblanges Haar: »Das werde ich tun, auch wenn du danach nichts mehr mit mir zu tun haben willst. - Es fing eigentlich ganz harmlos an, indem ich eine Frau kennenlernte. Das passiert mir nicht sehr oft, wie du dir denken kannst.«

Wenn Timpe es mit der Körperpflege etwas genauer genommen hätte, wären seine Chancen bei manchen Damen durchaus nicht schlecht gewesen. Gerade auf einer Insel wie Borkum erschienen etliche allein reisende Urlauberinnen und Kurgäste, die einer Liebelei nicht abgeneigt waren. Aber Mona wollte Timpe jetzt keine Flirttipps geben, sondern sich sein Geständnis anhören. Sie ahnte, dass es brisant werden konnte.

»Hat deine Eroberung auch einen Namen?«, hakte sie nach. Der Ganove lachte, als ob sie einen Scherz gemacht hätte: »Also, von einer Eroberung würde ich nicht sprechen. Ich habe sie über Bekannte kennengelernt, wenn du verstehst ...«

Mona wurde ungeduldig: »Schön, sie hat also auch etwas auf dem Kerbholz? Die Dame verkehrt in Ganovenkreisen? Willst du das damit andeuten, Freerk? Und wie heißt sie?«

»Franka Bartels.«

Die Kommissarin versuchte, sich ihre Aufregung nicht anmerken zu lassen. Ob Timpe wusste, wo die Gesuchte sich momentan verkroch und dass die Polizei nach ihr fahndete?

»Erzähl mir mehr über Franka«, bat die Ermittlerin.

»Wir haben uns einige Male getroffen und zusammen ein paar Biere gezischt«, begann der Kleinkriminelle und fuhr fort: »Ich habe mir Hoffnungen gemacht, aber Franka hat mich immer auf Distanz gehalten. Dabei war sie sogar schon mal auf der *Loretta*, aber auch da hat es zwischen uns nicht gefunkt.«

*Das kann ich verstehen,* dachte die Kommissarin. Timpe war offiziell im Haus seiner Tante gemeldet, die in der Kajütwachterstrate wohnte. Aber eigentlich hauste er die meiste Zeit auf seinem altersschwachen Kabinenkreuzer namens *Loretta*, der im Borkumer Yachthafen lag. Mona war bei einer früheren Ermittlung mal an Bord gewesen. Auch auf dem Boot nahm Timpe es mit Ordnung und Sauberkeit nicht allzu genau. Er fuhr fort: »Mir fiel auf, dass Franka sich öfter nach dir erkundigte. Ich hatte einmal erwähnt, dass du mich eingebuchtet hast, da wurde sie hellhörig.

Sie horchte mich richtig aus, das habe ich erst jetzt erkannt. Also erzählte ich ihr, was ich über dich weiß. Es ist ja kein Geheimnis, dass du mit Jan zusammen bist und ihr als Ehepaar in sein Haus in der Grönlandstrate ziehen werdet. Die meisten Borkumer wissen darüber Bescheid.«

»Ja, falls die Renovierung jemals abgeschlossen sein wird«, gab Mona zurück. Da sie und Enno in der Vergangenheit einige aufsehenerregende Mordfälle aufgeklärt hatten, waren sie unter den ständigen Bewohnern der Insel ziemlich bekannt. Und dass Jan ein Haus geerbt hatte, würde sich zumindest unter den Stammgästen seines Lokals verbreitet haben. Monas Leben war momentan für viele Insulaner wie ein offenes Buch. Es kam leider immer wieder vor, dass Verbrecher sich an Polizisten rächen wollten und deshalb ihr Privatleben ausspionierten. Allerdings hatte die Kommissarin bisher noch nichts mit Franka Bartels zu tun gehabt. Doch da die Verdächtige in der Bäckerei Krog arbeitete, musste sie mitbekommen haben, für wen die Hochzeitstorte gedacht war.

Timpes raue Stimme riss sie aus ihren Überlegungen: »Natürlich wollte ich wissen, warum Franka sich so sehr für dich interessiert, Mona. Aber sie wich mir aus. Trotzdem konnte ich etwas aufschnappen. - Vor ein paar Tagen war ich mit ihr in der *Seekiste* verabredet. Franka war vor mir da und hatte mich nicht bemerkt. Sie telefonierte gerade und sagte so etwas wie: ‚Stine kann beruhigt sein, die Sache läuft. Sobald die Sander verheiratet ist, schieben wir ihr den Schmuck unter. Und dann ist die nächste Rate fällig'. - Franka will dich verladen, Mona. Aber ich schwöre, dass ich davon nichts gewusst habe.«

Obwohl die Kommissarin geschockt war, arbeitete ihr Verstand so präzise wie ein Uhrwerk. Stine? Damit konnte nur Stine Brunkhorst gemeint sein – eine Täterin, die wegen Anstiftung zum Mord an ihrem Ehemann in dem Bremer Frauengefängnis Am Fuchsberg einsaß. Aber auch Strafgefangene konnten mehr oder weniger problemlos mit der Außenwelt kommunizieren, wenn sie es geschickt anstellten. Und an Stine Brunkhorsts Gerissenheit zweifelte die Kommissarin nicht. Über andere kriminelle Kontakte war es ihr offenbar gelungen, eine Verbindung zu Franka Bartels aufzubauen. Und dass Timpe ein mehrfach vorbestrafter Ganove war, der sich auf Borkum bestens auskannte, würde in seinen Kreisen kein Geheimnis sein. Hatten Franka Bartels und Chris

Thaler wirklich vorgehabt, den gestohlenen Schmuck bei Mona zu platzieren? Momentan sprach alles für diese Annahme – vor allem, weil bei dem Telefonat auch von einer ‚Rate' die Rede gewesen war. Die Kommissarin musste an die eintausend Euro denken, die Thaler in der Tasche gehabt hatte. Offenbar war Stine Brunkhorst dazu in der Lage, von ihrer Gefängniszelle aus einen Racheplan gegen Mona zu verwirklichen. Allerdings hatte sie nicht ahnen können, dass Timpe für die Kommissarin Sympathie empfand – obwohl sie ihn in der Vergangenheit hinter Gitter gebracht hatte. Aber woher hätte Stine Brunkhorst im Bremer Gefängnis wissen können, dass Mona ausgerechnet in der Bäckerei Krog eine Hochzeitstorte in Auftrag geben würde? Und warum hatte das verbrecherische Pärchen Thaler/Bartels ausgerechnet dort eine Anstellung gefunden? Timpe schaute die Kriminalistin an wie ein geprügelter Hund. Sie legte ihre Hand auf seine Schulter und sagte: »Ich rechne es dir hoch an, dass du mich gewarnt hast, Freerk – vor allem, weil solche Leute wie Franka Bartels ganz gewiss nicht gut auf die Polizei zu sprechen sind. Wie ging denn dieses Treffen mit der Frau aus?«

Timpe zuckte mit den Schultern: »Als sie mich bemerkte, steckte sie schnell ihr Handy weg. Franka ließ sich von mir zu einigen Gläsern Bier einladen. Dann haute sie ab, weil sie morgens früh aufstehen musste – sie hatte ja einen Verkaufsjob in der Bäckerei Krog.«

*Zumindest in der Hinsicht hat die Verbrecherin nicht gelogen,* dachte Mona. Sie fragte: »Was wollte Franka denn noch alles über mich wissen?«

»Sie fragte mich direkt nach deinen Finanzen«, gab Timpe zurück. »Ich erwiderte, dass ich nicht weiß, wie viel du verdienst. Aber jeder auf Borkum wird sagen können, dass so eine Renovierung eines alten Gemäuers Unsummen verschlingt. Vor allem, wenn das Haus auch noch denkmalgeschützt ist.«

Mona konnte ihm nur beipflichten. Sie und ihr Ehemann hatten bereits ihr ganzes Geld für das windschiefe Objekt in der Grönlandstrate ausgegeben – und ein Ende der Arbeiten war noch nicht abzusehen. Immer deutlicher erkannte die Kommissarin die finstere Absicht ihrer Feindin, die hinter Gittern saß. Sie wandte sich noch einmal an Timpe: »Du weißt nicht zufällig, wo sich Franka Bartels momentan aufhalten könnte?«

»Sie wohnt in dieser Saisonarbeiterkaserne in der Richthofenstraße«, lautete die Antwort. »Ihre Telefonnummer kann ich dir geben.«

»Die hab ich selbst. - Und nochmal danke, dass du dich mir anvertraut hast. Du bist ein guter Kerl, Freerk. Wenn du dir abgewöhnen könntest, immer wieder Mist zu bauen, hättest du ein schöneres Leben.«

Mona umarmte ihn, um ihren Worten Nachdruck zu verleihen. Als sie sich von Timpe löste, sah sie ihn lächeln. Am liebsten hätte die Kommissarin jetzt endlich mit ihrem Ehemann getanzt, aber in diesem Moment sah sie Enno das Lokal betreten. Er schaute sich suchend um, denn die *Nordsee Kajüte* war mit den Hochzeitsgästen ziemlich gut gefüllt.

»Ich muss noch kurz mit meinem Kollegen reden«, sagte sie zu Jan und eilte auf den Oberkommissar zu. Mona drängte sich zwischen den Tanzenden durch und erreichte schließlich Enno.

»Du wirst es nie für möglich halten, was ich gerade von Timpe erfahren habe!«, rief sie ihm zu.

»Lass uns nach draußen gehen, hier ist es zu laut«, schlug er vor. Die beiden verließen das Gebäude und gingen ein Stück weit Richtung Yachthafen, wo die Kabinenkreuzer und Segler an ihren Anlegeplätzen schwojten. Die Abenddämmerung senkte sich über den Meereshorizont, aber für diesen romantischen Anblick hatte die Kommissarin jetzt keinen Sinn. Sie gab ihrem Kollegen eine Zusammenfassung der Neuigkeiten und fügte hinzu: »Auf den ersten Blick ist Stine Brunkhorsts Plan ziemlich raffiniert. Im Knast hat man ja auch genügend Zeit, um sich die irrsinnigsten Dinge auszumalen. Allerdings sind da ein paar Details, die ich nicht begreife. Warum lässt Franka Bartels sich mit ein paar tausend Euro abspeisen? Ich bin keine Schmuckexpertin, aber selbst ich sehe den enormen Wert des Diamanten-Colliers auf den ersten Blick. Wenn ich eine Kriminelle wäre, dann würde ich mit dem Geschmeide verschwinden und mich in die Südsee absetzen, anstatt mich mit einem Trinkgeld abspeisen zu lassen.«

»Ja, weil du ein kluges Köpfchen bist«, erwiderte Enno und fuhr lächelnd fort: »Wir wissen nicht, wie es um Franka Bartels' und Chris Thalers Intelligenz bestellt ist. Und übrigens ist diese Unverwechselbarkeit der Preziose ein zweischneidiges Schwert. Nicht jeder Hehler wird begeistert sein, wenn er ein solches

Schmuckstück angeboten bekommt. Es ist aufwändig, so etwas zu Bargeld zu machen. Vielleicht hat dieses Duo die Mühe gescheut und sich lieber auf Banknoten verlassen.«

Mona sagte: »Und dann ist da noch die Sache mit der Torte! Ich meine, mir den gestohlenen Schmuck unterjubeln zu wollen, ist teuflisch genial. Jan und ich sind momentan so gut wie pleite – aber sag das bloß nicht meiner Mutter! Ich will ihre Hilfe nicht, lieber gehe ich in meiner Freizeit Krabben pulen. Jedenfalls hätten wir ein Motiv, uns wegen unseres Hauses schlagartig finanziell sanieren zu wollen. Ein Verdacht gegen mich? Da reicht ein anonymer Anruf auf der Wache, und schon muss der Sache nachgegangen werden. Es gäbe eine Untersuchung, ein Disziplinarverfahren. Irgendwann würde sich herausstellen, dass ich nicht die Täterin bin. Bis dahin wäre mein Ruf allerdings schon ruiniert, und ich könnte mich vor Hasskommentaren nicht mehr retten.«

»Ich würde dir gern widersprechen – aber leider hast du die Situation sehr realitätsnah geschildert«, erwiderte Enno. Sie nickte und fuhr grimmig fort: »Ja, ohne Timpes Warnung wäre ich wahrscheinlich sinnbildlich gesprochen ins offene Messer gelaufen. - Aber wie kann man so idiotisch sein, das geklaute Collier dann ausgerechnet in der Hochzeitstorte zu verstecken? Da gibt es viel zu viele Unwägbarkeiten – beispielsweise könnte sich einer unserer Gäste während der Feier mit dem Collier aus dem Staub machen – wenn es nämlich auf seinem Teller gelandet ist! Und dann wäre ich entlastet, weil sich das Diebesgut gar nicht in meinem Besitz befindet.«

Der Oberkommissar lachte und sagte: »Ich gebe dir recht. Allerdings halte ich es für eine Notlösung, dass der Schmuck in dem Kuchen gelandet ist. Thaler musste vermutlich plötzlich das Geschmeide loswerden und hat es schnell in die Torte geschoben, weil es kein besseres Versteck gab. Und eigentlich war es sogar gut gewählt. Wenn Svea das Backwerk nicht zu Boden geworfen hätte, würde es in diesen Minuten von deinen Gästen verzehrt werden. - Apropos: Hast du mir etwas Essbares aufbewahren lassen?«

»Ja, selbstverständlich«, erwiderte Mona. Sie malte sich gerade aus, ob die Intrige ansonsten funktioniert hätte. Wenn es Franka oder Thaler gelungen wäre, den Schmuck stattdessen in der Wohnung oder dem zukünftigen Haus der Kommissarin zu verstecken, hätte sie richtig in der Tinte gesessen. Aber jetzt war

47

nicht die Zeit für Schwarzmalerei. Sie ließ ihren Blick über den Yachthafen schweifen und sagte: »Die Fahndung nach Franka Bartels verlief bisher ergebnislos, oder?«

»Ja, leider. Andernfalls hätte ich es dir schon gesagt. - Und Thaler ist immer noch bewusstlos. Das Krankenhaus meldet sich bei uns, sobald er aufwacht.«

»Lass uns einen kleinen Spaziergang machen«, schlug Mona vor. »Ich habe so eine vage Ahnung, wo die Dame sich einen Unterschlupf gesucht hat.«

# Kapitel 6

Auf Borkum gab es zahlreiche Möglichkeiten, sich vor dem Auge des Gesetzes zu verbergen. Doch bei näherer Betrachtung hatten die meisten Verstecke auch gravierende Nachteile. Natürlich konnte man sich in den Dünen des Naturschutzgebiets einer polizeilichen Suche entziehen. Aber dort gab es keinen Schutz vor den Elementen – und selbst im Sommer konnte das Wetter auf der Insel mit Hochseeklima schnell umschlagen. Mit heftigen Regenschauern musste man jederzeit rechnen. Und wer dann stundenlang in nasser Kleidung ausharren musste, riskierte eine Lungenentzündung. Natürlich gab es auch einige öffentlich zugängliche Schutzhütten, aber die ließen sich wiederum leicht kontrollieren. Eine andere Variante bestand darin, in ein leer stehendes Ferienhaus einzubrechen. Dies geschah immer wieder, hatte für die Täter allerdings auch einen Haken: Ein erfahrener Polizist würde die Spuren des unbefugten Betretens schnell bemerken – und dann saß der Kriminelle in der Falle.

Während der Kommissarin diese Überlegungen durch den Kopf spukten, bewegte sie sich mit ihrem Kollegen auf den Yachthafen zu. Mona versuchte, sich in die Verdächtige hineinzuversetzen. Timpe war ein Mann, der sich von Franka Bartels leicht um den Finger wickeln ließ. Er hätte zweifellos nichts dagegen gehabt, ihr auf seinem alten Kahn Unterschlupf zu gewähren. Aber wenn er gar nicht anwesend war, weil er die Hochzeitsfeier besuchte – umso besser für sie. Die Kriminalisten gingen schweigend den Steg entlang. In einigen der Yachten und Kajütboote brannte Licht, irgendwo ertönte Gitarrenpop. Inzwischen war es schon recht dunkel, aber die Kommissarin hatte sich die Position von Timpes *Loretta* gut eingeprägt. Enno legte seine Hand auf Monas und beugte sich zu ihr herab: »Lass mich vorgehen, du hast deine Waffe wahrscheinlich nicht dabei.«

Als Mona sich daheim umgezogen hatte, war sie nicht noch einmal bei der Wache vorbeigefahren – denn wenn sie außer Dienst war, befand sich ihre Pistole vorschriftsmäßig eingeschlossen auf der Polizeistation. Ihr Kollege hatte dies vermutet, ohne sie danach gefragt zu haben. Franka Bartels war vermutlich an einem Mord beteiligt – insofern mussten die Ermittler bei der Verhaftung mit Widerstand rechnen.

»Alles klar, ich halte mich zurück«, versicherte die Kommissarin. Die beiden hatten nun die Anlegestelle der *Loretta* erreicht. Momentan deutete nichts darauf hin, dass sich jemand an Bord befand. Natürlich war es möglich, dass Franka Bartels bereits schlief, obwohl es noch früh am Abend war. Oder sie lauerte mit gezogener Waffe darauf, sich den Weg frei zu schießen – falls die Polizei auf das Boot kam. Monas Kehle wurde staubtrocken. Enno hatte zwar seine Dienstpistole dabei, aber keine Schutzweste angelegt. Die Kommissarin hatte mindestens genauso viel Angst um ihn wie er um sie. Der Gedanke, dass ihrem besten Freund etwas zustoßen könnte, war für sie unerträglich. Und dann ging alles plötzlich ganz schnell. Der Oberkommissar sprang auf das Achterdeck der *Loretta*, woraufhin das Kajütboot durch die plötzliche Gewichtsverlagerung gewaltig zu schwanken begann.

»Polizei! Nehmen Sie die Hände hoch!«, kommandierte er. Unter Deck war ein unterdrückter Fluch aus weiblicher Kehle zu hören. Offenbar hatte Mona mit ihrer Annahme richtig gelegen. Sie befürchtete, als Nächstes einen Schuss zu hören. Aber das geschah nicht. Stattdessen konnte sie im schwindenden Tageslicht sehen, dass eine Luke aufgestoßen wurde. Während der Oberkommissar vom Achterdeck aus in die Kajüte eindrang, stemmte eine Frau sich vorn durch die Öffnung hoch und verließ das Boot auf der Bugseite. Es musste Franka Bartels sein. Sie schaute nicht hinter sich, also blieb Mona für den Moment unbemerkt. Es war nicht erkennbar, ob die Frau eine Pistole oder ein Messer in der Hand hielt. Die Kommissarin setzte ganz auf das Überraschungsmoment. Sie stürmte wie eine American-Football-Spielerin vorwärts und riss die Verdächtige von den Beinen. Franka Bartels fluchte erneut, als sie flach auf dem Bauch landete. Mona packte ihre Handgelenke und drückte ihr Knie gegen den Rücken der wild zappelnden Frau: »Enno, ich habe sie!«

Ein Rumpeln ertönte, als der Oberkommissar wieder von dem Boot auf den Steg wechselte.

»Wir verhaften Sie unter dem dringenden Verdacht der Mordverschwörung«, teilte die Kommissarin Franka Bartels mit. »Sie müssen sich nicht selbst belasten, können die Aussage verweigern und einen Rechtsanwalt hinzuziehen.«

»Ich habe niemanden umgelegt!«, lautete die Erwiderung.

»Darüber reden wir morgen früh in aller Ruhe, nachdem Sie sich in unserer Arrestzelle entspannt haben«, sagte die Kommissarin. *Und jetzt will ich endlich meinen Hochzeitstanz bekommen,* fügte sie in Gedanken hinzu. Als Mona endlich wieder die *Nordsee Kajüte* betrat, war die Party in vollem Gang. Jan lächelte, als ob seine frisch angetraute Frau niemals fort gewesen wäre. Und er machte ihr natürlich auch keinen Vorwurf, weil sie ihn an diesem ganz besonderen Tag zeitweise alleingelassen hatte. In den folgenden Stunden konzentrierte Mona sich ganz auf ihn. Obwohl die beiden sich inmitten der zahlreichen Gäste bewegten, hatten sie nur Augen füreinander. Sie vergaßen Raum und Zeit, bis sie schließlich von einem Taxi vor ihrem neuen Zuhause abgesetzt wurden. Mona hatte einen Schwips, aber eine Sache vergaß sie trotzdem nicht: »Du musst mich jetzt über die Schwelle tra...«

Bevor sie den Satz beenden konnte, hatte ihr Mann sie auf seine Arme gehoben. Es blieb Mona überlassen, den Schlüssel ins Schloss zu schieben. Und dann trat Jan mit ihr in das urige Friesenhaus, in dem sie von nun an leben würden.

\*

Am nächsten Morgen fiel es Mona schwer, aus ihren Träumen zurück in die Alltagsrealität zu finden. Es war nicht die erste Nacht, die sie in Jans Armen verbracht hatte – aber die erste als seine Ehefrau. Sie war selbst erstaunt darüber, wie groß der Unterschied in ihrer Gefühlswelt war. Und sie spürte, dass die Hochzeit wirklich mehr darstellte als den Austausch von zwei Ringen und die Unterschriften auf einem amtlichen Dokument.

»Ich muss jetzt los«, sagte sie, nachdem sie Jan mit einem Kuss geweckt hatte. »Enno und ich müssen Joris' Mörder überführen.«

»Ja, klar«, murmelte ihr Mann schlaftrunken, »bringst du bitte Sandpapier mit, wenn du Feierabend machst? Wir müssen noch ein paar Türen abschleifen.«

*Die Renovierung scheint ihn bis in den Nachtschlaf zu verfolgen,* dachte sie schmunzelnd. Dann zog sie sich an und schlich sich aus dem Haus – nicht, ohne auf einer der morschen Treppenstufen zu stolpern. Ihr wurde bewusst, dass die Stiege ebenfalls komplett erneuert werden musste. *Für meine Finanzen wäre es wirklich gut, wenn ich das Schmuckstück geklaut hätte,* dachte sie mit einem

Anflug von schwarzem Humor. Sie beschloss, auf der Wache zu frühstücken, denn die Küche in ihrem neuen Haus war noch nicht betriebsbereit. Trotzdem – es war die erste Nacht, die sie hier verbracht hatte. Darum war es für sie ein ganz besonderer Morgen. Mona ging zur Walfangerstrate hinüber, denn ihr Fahrrad stand immer noch in dem Schuppen bei ihrer bisherigen Wohnung. Gerne hätte sie mit ihrem Hund eine Runde gedreht, aber dafür war jetzt keine Zeit mehr, wenn sie noch rechtzeitig zu Dienstbeginn auf der Polizeistation erscheinen wollte. Außerdem hatte Birte Moll sich bereiterklärt, sich in den ersten Tagen nach der Hochzeit komplett um Monas Dogge zu kümmern – wie sie es bisher auch schon tagsüber getan hatte. Die Kommissarin schaffte es immerhin sogar noch, sich bei einem anderen Inselbäcker ein Franzbrötchen zu holen. Der Anblick der Backwaren erinnerte sie an den bizarren Mord, mit dem sie am Vortag konfrontiert gewesen war. Mona ging davon aus, dass sie Stine Brunkhorsts Intrige inzwischen durchschaut hatte. Ihr war bloß noch nicht bewusst, warum Joris Krog hatte sterben müssen. War er vielleicht einfach nur zur falschen Zeit am falschen Ort gewesen? Hatte Thaler ihn erstickt, weil ihm das Diamanten-Collier aufgefallen war? Mit dieser Erklärung würde Oltbeck sich zweifellos zufriedengeben, aber Mona war noch nicht hundertprozentig davon überzeugt. Sie betrat ihr Büro, wo Enno bereits mit frischem Tee auf sie wartete.

»Moin, genau den kann ich jetzt gebrauchen!«, sagte die Kommissarin und deutete auf die Kanne mit der starken Assam-Mischung. Sie schnappte sich eine Tasse, tat ein Kluntje hinein und ließ die dampfende Flüssigkeit darüberlaufen. Schließlich nahm sie noch ein wenig Sahne. Ihr Kollege schaute ihr lächelnd bei der ostfriesischen Teezeremonie zu.

»Bevor du fragst: Ja, Jan hat mich über die Schwelle getragen. Es war aber schon weit nach Mitternacht, als dies geschehen ist«, teilte sie ihm augenzwinkernd mit.

»Es war eine schöne Hochzeitsfeier, auch wenn ich sie nur zum Teil mitbekommen habe«, erwiderte ihr Kollege. Er fuhr fort: »Immerhin haben wir beide Verdächtigen unter Kontrolle. Thaler wird auch von einem uniformierten Kollegen im Krankenhaus bewacht. Der Ganove ist immer noch bewusstlos, ich habe vorhin mit Dr. Siemers telefoniert. - Der Chef möchte übrigens von uns auf den neuesten Stand gebracht werden.«

»Das habe ich mir schon gedacht, aber lass mich wenigstens erst mal den Tee trinken und mein Franzbrötchen knabbern.«

Enno hob abwehrend die Hände: »Oh, ich wollte keine Hektik entfalten.«

»Was ist eigentlich mit Alfred Krog?«, fragte die Kommissarin kauend.

»Vorhin hat er noch geschmollt – aber inzwischen wird Grietje ihn mit ihren legendären Jagdwurststullen verwöhnt haben, darum hat er jetzt gewiss bessere Laune«, gab Enno lächelnd zurück. Mit dem Franzbrötchen und einigen Tassen Tee im Magen sah Mona der Besprechung mit Oltbeck etwas gelassener entgegen. Als die Kommissare wenig später in seinem Büro Platz genommen hatten, blickte der Vorgesetzte Mona so neugierig an, als ob er sie zum ersten Mal im Leben sehen würde.

»Ich habe schon gehört, dass Sie selbst am Tag Ihrer Hochzeit zusammen mit Herrn Moll eine Verhaftung vorgenommen haben – das nenne ich wahren Einsatz, Frau Sander.«

Die Kommissarin war von ihrem Chef eher einen Anpfiff als eine Lobeshymne gewohnt. Sie überspielte ihre Verlegenheit, indem sie mit belegter Stimme die genaueren Umstände von Franka Bartels' Festnahme schilderte. Oltbeck reagierte ungläubig: »Also haben Sie einen Tipp von Freerk Timpe bekommen? Ich war höchst erstaunt, ihn in der *Nordsee Kajüte* zu erblicken. Hatten Sie diesen Menschen zu Ihrer Hochzeit eingeladen, um ihn auszuhorchen?«

»Nein, sondern weil er mir leidgetan hat. Ich hoffe immer noch, dass er irgendwann keine krummen Dinger mehr dreht.«

Enno fügte hinzu: »Das Diamanten-Collier wurde offenbar gestohlen, um einen Verdacht gegen Frau Sander zu konstruieren. Mir ist bloß noch nicht klar, warum Joris Krog deshalb sterben musste.«

»Die Beantwortung dieser Frage liegt doch auf der Hand, Herr Moll! Krog wird Thaler mit dem Geschmeide in der Hand erwischt haben. Es handelt sich um einen klassischen Verdeckungsmord, damit der Diebstahl unentdeckt bleiben sollte.«

Oltbeck reagierte genauso, wie Mona es von ihm erwartet hatte. Sie biss sich auf die Zunge, um ihrem Chef nicht in die Parade zu fahren. Wenn sie jetzt nämlich Einwände vorbrachte, konnte sie diese überhaupt nicht belegen. Es würde so wirken, als ob sie grundsätzlich jede seiner Vermutungen torpedieren wollte. Besser war es, auf handfeste Beweise zu bauen. Deshalb nickte sie und tat so, als ob sie gegen Oltbecks Theorie nichts einzuwenden hätte.

»Vielleicht weiß Alfred Krog ja mehr über die Hintergründe der Tat«, schlug der Chef vor. »Er wollte sich ja offenbar ganz gezielt an Thaler rächen. - Vielleicht gab es ja schon länger einen schwelenden Konflikt zwischen Krog Junior und seinem Angestellten.«

*So wie zwischen dir und mir,* dachte Mona. Aber sie war clever genug, auch diesmal ihren Schnabel zu halten.

»Ich erwarte baldige Ergebnisse von Ihnen.«

Obwohl Oltbeck diesen Satz lächelnd aussprach, war die unterschwellige Botschaft deutlich: *Diesen simplen Fall können wir schnell abschließen!*

Nachdem der Dienststellenleiter die Besprechung beendet hatte, ließ Enno Alfred Krog in den Verhörraum bringen. Der alte Bäckermeister war ein untersetzter, aber kräftiger Kerl. Ihm war anzusehen, dass er sein Leben lang körperlich gearbeitet hatte. Nach einem Aufenthalt in der Arrestzelle wirkten viele Ersttäter kleinlaut und eingeschüchtert, was man von Krog nicht behaupten konnte. Er funkelte die Ermittler so empört an, als ob in Wirklichkeit er das Opfer sei. Nachdem der Oberkommissar ihn noch einmal über seine Rechte belehrt hatte, schüttelte er den Kopf.

»Was soll der Unsinn, Enno? Dieser Halunke hat bekommen, was er verdient. Thaler hat meinen Sohn getötet – glaubst du, da lege ich die Hände in den Schoß und warte auf schönes Wetter?!«

»Für Verbrechensbekämpfung ist immer noch die Polizei zuständig, aber das weißt du gewiss selbst«, gab Enno ruhig zurück. Und bevor Krog aufbegehren konnte, fügte er hinzu: »Wir möchten erfahren, was genau sich gestern abgespielt hat. - Wie kamst du darauf, dass Thaler Joris getötet haben könnte?«

»Als meine Schwiegertochter mich anrief und ich hörte, dass der Aushilfsbäcker verschwunden war, lag die Sache für mich auf der Hand«, behauptete Krog. »Ich war zum Frühschoppen in der *Seekiste.* Svea hörte sich am Telefon völlig aufgelöst an. Ich wollte mit Thaler sofort schnappen, denn ihr fasst ihn ja doch nur mit Samthandschuhen an!«

»Wir dulden keine Selbstjustiz«, stellte Mona klar. »Falls Thaler wirklich der Mörder ist, wird er sich für seine Handlungen verantworten müssen. Gibt es keine anderen Personen, die Ihrem Sohn den Tod gewünscht hätten?«

Die Augen des alten Bäckers quollen beinahe aus ihren Höhlen. Er starrte die Kommissarin an, als ob sie etwas völlig Absurdes gefragt hätte: »Wie kannst du so etwas auch nur denken?! Du hast doch Joris gekannt, er konnte keiner Fliege etwas zuleide tun! Unsere Brötchen und Torten sind legendär, du hast ja wohl nicht ohne Grund deine Hochzeitstorte bei uns herstellen lassen. - Übrigens: Herzlichen Glückwunsch zu deiner Eheschließung!«

Obwohl Krog offensichtlich wütend war, konnte er sich sogar noch die Gratulation abquetschen – auch wenn sie sich eher wie eine Verwünschung anhörte. Die Kommissarin schätzte es überhaupt nicht, von einem Verdächtigen geduzt zu werden. Im Fall von Alfred Krog ging sie darüber hinweg - aufgrund seines Alters und weil sie ihn seit Jahren kannte. Mona vermutete, dass der Vater des Opfers durchaus noch weitere Verdächtige hätte nennen können – sich aber zu diesem Punkt lieber in Schweigen hüllte. Darüber wollte sie später mit ihrem Kollegen unter vier Augen reden.

»Wie hast du Thaler gefunden?«, wollte der Oberkommissar wissen.

»Ich bin erst zu dem Wohnheim in der Richthofenstraße gefahren, wo der Dreckskerl haust«, lautete die Antwort. »Mit meinem Pedelec bin ich recht schnell, seit meiner Hüftoperation bewege ich mich fast nur noch mit dem Ding durch die Gegend. In seiner Bude war er nicht. Aber ein anderer Mieter behauptete, dass Thaler sich öfter in der Nähe vom Waldlehrpfad herumtreiben würde – und zwar mit Frauen.«

Warum empfängt er die Damen nicht in seinem Zimmer? Kaum hatte Mona sich dies gefragt, als ihr auch schon die Antwort einfiel: Wenn Thaler wirklich mit Franka Bartels verbandelt war, würde sie seine Treffen mit anderen Frauen gewiss nicht amüsant finden. Während ihr diese Überlegungen durch den Kopf gingen, fuhr Krog bereitwillig fort: »Immerhin wusste ich nun, wohin ich mich wenden musste. Auf dem Weg ins Naturschutzgebiet fand ich neben einer Mülltonne die Metallstange, mit der ich auf Thaler eingedroschen habe. Das erschien mir als ein Wink des Schicksals, denn eine Waffe besitze ich nicht. Aber dieser Stab hat es ja auch getan!«

»An deiner Stelle wäre ich nicht so stolz auf diese Tat«, sagte Enno stirnrunzelnd. »Immerhin erwartet dich eine Anklage wegen schwerer Körperverletzung, vielleicht sogar wegen versuchten Totschlags. Das muss die Staatsanwaltschaft entscheiden.«

»Also lebt der Mörder meines Sohnes noch?«

Krogs Tonfall bewies deutlich, wie sehr ihm dies missfiel. Er war offenbar nicht davon abzubringen, Thaler für den Täter zu halten.

»Wie ging es denn weiter, nachdem Sie die Metallstange gefunden hatten?«, fragte Mona. Der alte Bäcker zuckte mit den Schultern und antwortete: »Ich setzte meinen Weg natürlich fort. Der Waldlehrpfad war ja mein einziger Hinweis. Vielleicht war der Verbrecher ja schon Richtung Festland unterwegs, mit der Fähre oder mit dem Inselflieger. Woher hätte ich das wissen können? Und es war mir ja nicht möglich, mich zu zerteilen. Also versteckte ich mich beim Anfang von Waldlehrpfad im Unterholz. Die Vegetation ist ja dort sehr dicht. Die Zeit verging, und ich glaubte schon, dass ich vergeblich warten würde. Da tauchte der Mistkerl plötzlich auf. Er war zu Fuß und schien außer Atem zu sein. Ich blieb mucksmäuschenstill, bis ich ihn in Reichweite hatte. Dann sprang ich auf ihn zu und rief: ‚Das ist für Joris!' Er kam gar nicht dazu, sich zu wehren. Wenig später haben eure Kollegen mich dann festgenommen – als ob ich etwas Falsches getan hätte!«

Krog schaute die Kommissare herausfordernd an. Mona ließ sich davon nicht irritieren.

»Haben Sie nicht etwas Entscheidendes vergessen?«

»Ich weiß nicht, wovon du redest, mein Mädchen.«

Der Kriminalistin wurde es allmählich zu bunt: »Ich bin nicht Ihr Mädchen, sondern Polizeikommissarin. Und wir möchten gern erfahren, warum Sie die Taschen des Bewusstlosen durchwühlt haben.«

Krog schaute sie an wie ein Schuljunge, der beim Griff in die Keksdose erwischt wurde.

»Das habe ich nicht getan!«, log er. Sie ging auf diesen Punkt zunächst nicht näher ein. Stattdessen stellte sie eine weitere Frage: »Wo ist Thalers Umhängetasche?«

»Das weiß ich nicht. Er hatte keine dabei.«

Diese Behauptung konnte stimmen, falls der von Krog geschilderte Ablauf der Wahrheit entsprach. Wo hätte er die Tasche verstecken können, nachdem er Thaler attackiert hatte? Offenbar war ja zwischen der Tat und dem Eintreffen der Polizei nicht viel Zeit vergangen. Mona nahm sich vor, trotzdem sicherheitshalber die unmittelbare Umgebung des Waldlehrpfads zu durchsuchen. Das war nämlich bisher nicht geschehen. Sie warf Enno einen fragenden Blick zu, aber der schüttelte kaum merklich den Kopf. Damit wollte er andeuten, dass das Verhör aus seiner Sicht erst einmal beendet war. Die Kommissarin brachte Krogs Geständnis in Schriftform und ließ es ihn unterschreiben. Dann sagte Enno: »Wir setzen dich auf freien Fuß, weil du nicht vorbestraft bist und ich keine Flucht- oder Verdunkelungsgefahr sehe. Du wirst dann demnächst Post von der Staatsanwaltschaft bekommen. Und lass es dir nicht einfallen, noch einmal Hand an Thaler legen zu wollen!«

Der alte Bäcker murmelte etwas Unverständliches. Mona war nicht sicher, ob er sich die Worte ihres Kollegen zu Herzen genommen hatte. Enno brachte Krog zum Ausgang. Als der Oberkommissar wieder zurückkehrte, sagte er: »Hast du Alfred geglaubt, als er von keinen anderen Personen gewusst haben wollte, die es auf Joris abgesehen haben könnten?«

»Nee, wirklich nicht. Ich glaube nämlich, dass unser Mordopfer es faustdick hinter den Ohren gehabt haben muss!«

»Was willst du damit sagen, Mona?«

»Ganz einfach: Als ich die Hochzeitstorte in Auftrag gegeben habe und mit Joris allein war, hat er die Gelegenheit genutzt, um mich anzubaggern – und das war ganz gewiss kein dummer Scherz!«

# Kapitel 7

Die Kommissarin hatte mit sich gerungen, ob sie ihrem Kollegen diese Episode überhaupt erzählen sollte. Sie hätte das unangenehme Erlebnis am liebsten verdrängt, denn eigentlich hatte Mona Joris Krog gemocht – wenn auch nicht in romantischer Beziehung. Aber bei einer Mordermittlung kam es auf jedes Detail an – vor allem, wenn der Charakter des Opfers auf den Täter oder die Täterin hindeuten konnte.

»Magst du darüber sprechen?«

Ennos einfühlsamer Tonfall machte deutlich, dass er dies auf keinen Fall von ihr verlangen würde, wenn sie nicht wollte.

»Jan und ich beauftragten Joris, weil seine Kuchen und Torten wirklich superlecker sind und wir ihn außerdem persönlich sympathisch fanden«, begann Mona, »du hast ihn doch auch gekannt, oder? Er war auf Borkum allgemein beliebt.«

Der Oberkommissar nickte: »Das kann man wohl sagen. Allerdings finde ich es mehr als frech von ihm, eine Braut noch kurz vor der Hochzeit verführen zu wollen.«

»Richtig, und ich glaube, dass Joris von seinem positiven Image profitiert hat. Er konnte leicht auf die Menschen zugehen und Kontakte knüpfen – das wird ihm bei anderen Frauen möglicherweise genützt haben, da er auch noch ein attraktiver Kerl war.«

Den letzten Halbsatz bereute Mona, kaum dass sie ihn ausgesprochen hatte. Andererseits: Warum sollte sie nicht zugeben, dass er ihr gefallen hatte? Trotzdem war sie bei dem Bäcker nicht schwach geworden, sie hatte aus einem Fehler in der Vergangenheit gelernt. Sie fuhr fort: »Ich habe Joris kräftig die Meinung gesagt, das kannst du mir glauben! Du weißt ja, was geschieht, wenn ich sauer werde. Am liebsten hätte ich die Torte anderswo anfertigen lassen, aber dann wäre Jan wahrscheinlich stutzig geworden. Und ich wollte ihn so kurz vor unserer Eheschließung mit nichts belasten, was auch nur entfernt etwas mit Untreue zu tun gehabt hätte. - Joris tat jedenfalls so, als ob ich eine Spaßbremse wäre und er mich nur verschaukeln wollte. Aber ich weiß, wann ein Mann es darauf abgesehen hat, mich flachzulegen!«

»Ich zweifele nicht an deiner Einschätzung«, stellte Enno fest, »aber falls Joris wirklich ein notorischer Fremdgänger war, dann wird dadurch der Kreis an Verdächtigen enorm erweitert. - Und bei Thaler könnte nun außer dem Streit wegen seiner angeblichen Unzuverlässigkeit noch ein anderes Motiv dazukommen: Franka ist ja eine gutaussehende Dame – und außerdem Thalers Freundin. Er hätte es bestimmt nicht amüsant gefunden, wenn Joris und Franka einander nähergekommen wären.«

»Wir werden ja gleich Franka Bartels vernehmen«, meinte die Kommissarin, »vielleicht kann sie zu dem Thema etwas beisteuern. Aber es hat mit Sicherheit auch andere Verführungsversuche gegeben. Vor dem Hintergrund sollten wir auch Svea unter die Lupe nehmen. - Woher wollen wir wissen, dass nicht in Wirklichkeit *sie* ihren Mann auf dem Gewissen hat? Thaler war fort, als Joris starb. Aber deshalb muss er noch lange nicht der Mörder sein. Es kann andere Gründe für seine Abwesenheit geben. Wenn Svea eine Zeitlang mit Joris allein in der Backstube war, ist sie ebenfalls verdächtig.«

»Wäre sie stark genug, um Joris' Gesicht so lange in den Teig zu pressen, bis er erstickt ist?«, dachte der Oberkommissar laut nach. Mona erwiderte: »Er war bei seiner Frau bestimmt völlig arglos, außerdem könnte er eine Substanz im Blut gehabt haben, die ihn geschwächt hat. Hinzu kommt die Wut seiner Frau wegen seines Ehebruchs, falls er sie wirklich betrogen hat. Da wird einiges an Adrenalin freigesetzt, oder? Also, ich würde den tödlichen Angriff auch Svea - oder einem anderen weiblichen Wesen - zutrauen.«

Die Ermittler gönnten sich noch eine Tasse Tee mit Kluntjes und Sahne, dann holten sie Franka Bartels aus der Arrestzelle. Die Frau war bleich, ihr Haar hing in Strähnen herunter. Sie verschränkte die Arme vor der Brust, ihre ganze Körpersprache drückte deutlich ihre Ablehnung aus.

»Ich weiß gar nicht, was Sie mir überhaupt vorwerfen!«, zickte Franka Bartels, nachdem Mona Enno und sich selbst vorgestellt sowie die Verdächtige über ihre Rechte belehrt hatte. Die Kommissarin beugte sich über den Tisch: »Das kann ich Ihnen flüstern! Joris Krog ist tot, und Ihr Freund Chris Thaler steht unter Mordverdacht. Wir vermuten, dass Sie mit ihm gemeinsame Sache gemacht haben, und zwar nicht nur beim Diebstahl des Diamanten-Colliers!«

Die Kommissarin knallte der Verdächtigen diese Sätze geballt vor den Kopf. Sie vermutete, dass man bei dieser Frau schweres

Geschütz auffahren musste. Bei der Einschätzung von Verbrechern lag sie meist richtig, obwohl ihr natürlich noch die große Erfahrung ihres Kollegen fehlte. Franka Bartels warf Enno einen Blick zu, den man nur als hilfesuchend bezeichnen konnte.

»Wir wissen von Ihrer Verbindung zu Stine Brunkhorst«, sagte der Kriminalist mit sanfter Stimme. »Wenn Sie die Tat leugnen, tun Sie sich selbst keinen Gefallen.«

»Aber das will ich auch gar nicht!«, beteuerte die Verdächtige. »Mit dem Mord habe ich jedenfalls nichts zu schaffen, und Chris auch nicht. Ich gebe zu, die Klunker geklaut zu haben. Die Gelegenheit war einfach zu gut, da meine Patentante auf Borkum ist und ihren Schmuck ziemlich leichtsinnig aufbewahrt. Als ich mit einem Bekannten sprach, entstand bei uns gemeinsam die Idee.«

»Hat diese Person auch einen Namen?«, fragte Mona.

»Den möchte ich nicht nennen.«

»Soso. Und wer hatte den genialen Einfall, dass mir der Schmuck untergeschoben werden sollte?«

»Stine Brunkhorst.«

Über diese Antwort wunderte die Kommissarin sich nicht. Diese Täterin war schon im Umgang mit ihren nächsten Verwandten höchst rücksichtslos gewesen. Die Ermittlerin hatte allerdings nicht damit gerechnet, dass diese Verbrecherin es neuerdings auf sie abgesehen hatte.

»Wo haben Sie die Dame denn kennengelernt?«

»Ich bin Stine nie begegnet, Frau Sander. Sie sitzt ja im Knast, und da besuche ich sie bestimmt nicht. Gegen gesiebte Luft bin ich allergisch. - Die Verbindung kam durch Freerk Timpe zustande, als er mitkriegte, dass Chris und ich auf Borkum jobben wollten. Und durch ihn hat Stine davon Wind bekommen.«

Es geht doch nichts über die richtigen Verbindungen, dachte die Kommissarin. Sie fragte: »Hatten Sie von vornherein geplant, Ihre Patentante um den Schmuck zu erleichtern?«

Die Verdächtige schüttelte heftig den Kopf: »Ganz bestimmt nicht! Das Diamanten-Collier mag total wertvoll sein, ist aber so gut wie unverkäuflich. Aber ich hatte gegenüber Tante Flora keine Skrupel, sie ist bestimmt gut versichert. Ich wusste ja, wo sie ihr Geschmeide aufbewahrt. Es war ein Kinderspiel, es sich zu schnappen.«

»Und wie kam der Schmuck in meine Hochzeitstorte?«

Nachdem Mona diese Frage gestellt hatte, warf Franka Bartels ihr einen seltsamen Blick zu – als ob sie vermuten würde, dass die Kommissarin nicht mehr bei Verstand wäre.

»Hat es Ihnen die Sprache verschlagen?«, hakte die Kriminalistin nach, als von der Verdächtigen keine Reaktion kam.

»Nee, ich bin bloß selbst verblüfft. Stine hatte uns beauftragt, den Schmuck in Ihrer Wohnung zu verstecken – und zwar so, dass er ziemlich leicht gefunden werden konnte. Am nächsten Morgen hätte ich anonym auf der Wache angerufen und behauptet, Sie beim Verlassen von Tante Floras Ferienhaus gesehen zu haben – und zwar nachts.«

»Woher hätte eine anonyme Anruferin denn meinen Namen wissen können?«, gab Mona zu bedenken.

»Einen Namen sollte ich nicht nennen, sondern Sie nur beschreiben. Sie können ja nicht so leicht verwechselt werden. Und ich sollte noch sagen, dass Sie in Richtung Walfangerstrate verschwunden wären.«

*Abgesehen davon, dass die wenigsten frischgebackenen Ehefrauen in ihrer Hochzeitsnacht Einbrüche begehen, wäre das ein guter Plan gewesen*, dachte die Kommissarin grimmig. Vor allem, weil man einer Polizistin zutrauen konnte, dass sie zum unauffälligen Eindringen in ein Haus eher in der Lage war als eine beliebige Zivilperson. Mona hatte während ihrer Laufbahn schon einige fremde Fenster aufgehebelt, allerdings stets in dienstlicher Mission. Enno schaltete sich in das Zwiegespräch der beiden Frauen ein: »Sie waren eben so verblüfft, als meine Kollegin das Diamanten-Collier in der Torte erwähnte. Wann haben Sie das Geschmeide denn zuletzt in der Hand gehabt?«

»Am Morgen des 7. Mai«, lautete die Antwort. Franka Bartels fuhr fort: »Ich hatte mich nachts zu Tante Flora geschlichen und den Schmuck mitgehen lassen. Ich wusste ja, dass sie ihr Collier immer im Nachtschrank aufbewahrt, wenn sie auf Reisen ist. Das muss eine alte Gewohnheit von ihr sein. Jedenfalls holte ich es mir und gab es Chris. Er sollte es dann in Ihrer Wohnung deponieren.«

Sie schaute Mona an, während sie den letzten Satz aussprach. Die Kommissarin fragte: »Warum haben Sie das nicht selbst getan? Wenn ich an das professionelle Einbruchbesteck unter Ihrer

Matratze denke, dann scheinen Sie sich mit solchen Delikten bestens auszukennen.«

Die Verdächtige verzog den Mund: »Soll das etwa ein Kompliment sein? Es stimmt, ich habe schon den einen oder anderen Bruch gemacht. Aber Chris hat ja früher Feierabend als ich, weil er schon mitten in der Nacht in der Backstube steht. Es erschien uns sinnvoller, wenn er Ihnen das Collier unterschieben sollte. Aber wir hatten jedenfalls nicht vor, es in der Torte zu verstecken! Und Chris hat Joris Krog ganz bestimmt nicht getötet!«

*Woher willst du das wissen?,* dachte Mona. Sie sagte: »Zu dem Punkt kommen wir noch. - Sie gaben also Ihrem Freund den Schmuck. Was geschah dann?«

»Chris arbeitete mit dem Chef in der Backstube, ich bediente vorn im Laden zusammen mit Frau Krog die Kunden. Irgendwann so gegen halb elf ging die Chefin nach hinten. Plötzlich hörte ich sie vor Entsetzen schreien. Ich wollte erst hinterher, um ihr zu helfen. Aber dann war ich so clever, lieber erst auf mein Smartphone zu schauen. Mein Freund hatte mir eine Textnachricht geschickt. Sie lautete: ‚Hau ab, jemand hat den Chef umgebracht. Wir treffen uns am üblichen Ort‘. Also legte ich sofort meine Schürze ab und rannte aus der Bäckerei.«

»Warum haben Sie das eigentlich getan?«, wollte Enno wissen. »Sie wären doch gar nicht unter Verdacht geraten, da Sie die ganze Zeit über zusammen mit Svea Krog im Laden waren.«

»Ja, aber Sie hätten bestimmt schnell herausgefunden, dass Chris und ich ein Paar sind. Und dann wären Sie gewiss darauf aus gewesen, durch mich an meinen Freund heranzukommen. Das muss sich auch Chris gedacht haben, als er mir schrieb, dass ich mich verdünnisieren soll.«

»Apropos: Von wann war die Textnachricht eigentlich?«, fragte Mona.

»Zehn nach neun oder so um den Dreh. Ich muss den Klingelton meines Handys ausschalten, wenn ich arbeite. Deshalb hatte ich die Information von Chris nicht gleich gelesen.«

Die Kommissarin überlegte: Falls Franka Bartels nicht log und Thaler Krog wirklich nicht umgebracht hatte, musste es jemand anders getan haben. Ob Thaler vielleicht sogar Zeuge des Mordes geworden war? Ein Normalbürger würde wahrscheinlich zur Polizei gehen, wenn vor seinen Augen ein Verbrechen geschah.

Aber Thaler war selbst kriminell. Für ihn lag es gewiss näher, den Täter zu erpressen. Ob er sogar ein Foto von dem Tötungsdelikt gemacht hatte? Der Ermittlerin kam eine Idee, durch die sich einige lose Enden des Falls miteinander verknüpfen ließen.

»Wie war eigentlich das Verhältnis zwischen Joris Krog und seinem Vater?«, erkundigte sie sich. Franka Bartels behauptete: »Die zwei hatten ständig Stress miteinander. Der Alte hat wahrscheinlich sein Leben lang in der Backstube geschuftet, und wusste dadurch alles besser. Jedenfalls hat er Joris öfter vor uns Angestellten zusammengefaltet. Er rief: ‚Wenn du weiter hinter allen Weiberröcken her bist, geht die Bäckerei bald pleite!'«

*Davon hat Svea uns nichts berichtet,* dachte die Kommissarin. Sie wollte wissen: »Waren denn diese Worte berechtigt? Hat Ihr Chef versucht, bei Ihnen zu landen?«

»Ja, als die Chefin mal mit ihrem Schwiegervater zum Arzt fahren musste. Da versuchte Joris Krog sein Glück bei mir, aber plötzlich erschien Chris auf der Bildfläche. Ich dachte schon, ihm würde die Hand ausrutschen. Aber mein Freund blieb cool und machte Krog klar, dass er und ich sofort kündigen würden, wenn er mich nochmal anfasst. Das wirkte – denn ohne Saisonkräfte könnte er seine Bäckerei im Sommer dichtmachen!«

Es wurde tatsächlich immer schwieriger, Aushilfen zu finden – was besonders für ausgebildete Handwerker wie Bäcker galt. Daher hatte Joris angesichts dieser Drohung vielleicht wirklich seine Finger von Franka gelassen und sich für andere Frauen begeistert – beispielsweise für Mona. Aber die Kommissarin fand momentan vor allem aufschlussreich, was sie über Alfred Krog gehört hatte. Dass der alte Bäcker noch rüstig war, stand seit seinem Angriff auf Thaler fest. Ob er in einem Anfall von Jähzorn seinen eigenen Sohn im Teig erstickt hatte – und zwar vor Thalers Augen? Plötzlich gab es eine plausible Antwort auf die Frage, warum er die Taschen des ohnmächtigen Thaler durchwühlt hatte. Er wollte dessen Smartphone finden, weil darauf vielleicht Fotos von dem Mord zu sehen waren! Mona hatte vor, erst später mit Enno unter vier Augen über ihren Verdacht zu sprechen. Momentan wollte sie etwas anderes wissen: »Wo ist denn der ‚übliche Ort', an dem Sie Chris Thaler treffen sollten?«

»Im Naturschutzgebiet, beim Waldlehrpfad. - Er versteckt dort seine Wertsachen, denn im Wohnheim wird viel geklaut.«

Die Kommissarin fand es stets amüsant, wenn sich Verbrecher über Formen von Kriminalität beklagten. Bisher war sie davon ausgegangen, dass Thaler sich dort hinter Frankas Rücken mit anderen Frauen getroffen hatte. Aber vielleicht hatte er das Gebiet ja wirklich auch aufgesucht, um dort Gegenstände zu verbergen – beispielsweise seine Umhängetasche? *Außerdem sind nicht alle Männer chronische Fremdgeher,* führte die Ermittlerin sich vor Augen.

»Wir haben von Svea Krog erfahren, dass Ihr Freund stets mit einer Tasche in die Backstube gekommen ist«, sagte sie. »Dieser Gegenstand wir momentan noch vermisst. Könnte er sich im Unterholz beim Waldlehrpfad befinden?«

»Das ist schon möglich«, lautete die Antwort. »Ich kann Ihnen aber nicht sagen, wo genau Chris seine Sachen versteckt hat.«

Ob Thaler auch seiner Freundin misstraute? Oder war die Geschichte von den Wertsachen, die er unter freiem Himmel aufbewahrte, nur eine faule Ausrede – um seine Treffen mit anderen Frauen nicht auffliegen zu lassen? Während Mona über diesen Punkt nachdachte, kam ihr Kollege auf einen anderen Aspekt zu sprechen: »Chris Thaler hatte eine Geldklemme mit tausend Euro in der Tasche. Woher stammt die Summe?«

»Das war eine Anzahlung, die uns Stine Brunkhorst durch einen Bekannten zukommen ließ«, gestand die Verdächtige. »Weitere viertausend sollten wir erhalten, nachdem wir den Schmuck in Ihrer Wohnung versteckt und den anonymen Anruf gemacht hatten. Wir hielten es für leicht verdientes Geld, aber das war wohl ein Irrtum.«

»Ja, dank dieser schwachsinnigen Aktion sitzen Sie tief in der Tinte«, murmelte die Kommissarin. Sie konnte momentan keinen Zusammenhang zwischen Joris Krogs gewaltsamem Tod und dem geplanten Rufmord an ihr selbst erkennen. Das bedeutete aber nicht, dass es eine solche Verbindung nicht gab. Stine Brunkhorst stammte von Borkum, hatte auf der Insel ihre Kindheit und Jugend verbracht – die Wahrscheinlichkeit, dass die Verbrecherin sowohl Joris als auch seinen Vater Alfred kannte, war groß.

Enno kam auf den gestrigen Tag zurück: »Sie verließen also die Bäckerei. Wie ging es dann weiter?«

»Ich machte ein paar Umwege, weil ich schauen wollte, ob mich jemand verfolgte. Das war aber nicht der Fall. Doch als ich endlich dem Waldlehrpfad näherkam, sah ich schon von weitem einen

Rettungswagen und ein Polizeiauto. Ich kapierte, dass etwas passiert sein musste. Und natürlich wollte ich erfahren, wie es Chris ging. Ich hatte ihn mehrfach angerufen und ihm ein paar Textnachrichten geschrieben, aber sein Telefon war ausgeschaltet. Also versuchte ich, einen Bekannten zu erreichen. Sein Name lautet Freerk Timpe.«

»Was haben Sie mit ihm zu schaffen?«, bohrte Mona nach. Franka Bartels antwortete nicht sofort. Ob sie sich eine Ausrede überlegte? Nach einigem Zögern sagte sie: »Von ihm habe ich erfahren, wo Sie wohnen und dass Sie am 7. Mai heiraten wollten. - Herzlichen Glückwunsch übrigens.«

*Muss ich mich jetzt bei einer Frau bedanken, die mir Diebesgut unterschieben wollte?*, dachte die Kommissarin wütend. Der Oberkommissar nahm ihr die Entscheidung ab, indem er fragte: »Haben Sie sich mit Timpe verabredet?«

Die Verdächtige antwortete: »Auch Freerk hatte sein Telefon abgeschaltet, es war wie verhext. Ich wusste, dass er zeitweise bei seiner alten Tante wohnte – aber ich habe weder ihre Nummer noch ihre Adresse. Zum Glück weiß ich, wo sein Boot liegt. Ich war erschöpft, weil ich den ganzen Tag lang kreuz und quer über die Insel gelaufen war. Also schlich ich mich an Bord der *Loretta*, um mich in der Kajüte auszuruhen. Ich nahm an, dass Freerk früher oder später dort erscheinen würde. Aber stattdessen sind Sie aufgetaucht.«

»Ja, so ein Pech, nicht wahr?«, fauchte Mona. Sie betrachtete Franka Bartels mit gemischten Gefühlen. Einerseits deckten sich ihre Behauptungen mit Timpes Aussage. Andererseits hätte sie schwören können, dass die Verdächtige noch nicht die ganze Wahrheit gesagt hatte. Die Kommissare unterbrachen die Befragung, und Enno führte Franka Bartels in ihre Arrestzelle. Als er in den Verhörraum zurückkehrte, setzte er eine nachdenkliche Miene auf: »Als der Name Stine Brunkhorst fiel, hat der Fall in meinen Augen eine völlig andere Wendung genommen.«

»Warum das denn? Hättest du der Frau nicht zugetraut, dass sie mir vom Gefängnis aus das Leben schwermachen will?«

»Doch, denn ich habe Stine schon in ihrer Jugend als extrem nachtragend erlebt«, erklärte der Oberkommissar und fuhr fort: »Ich meine etwas anderes. - Vor vielen Jahren, als Stine noch auf Borkum lebte, war sie der Gerüchteküche zufolge die Geliebte eines verheirateten Mannes. Du weißt, dass ich nichts auf Klatsch und Tratsch gebe, aber in diesem Fall habe ich mich erinnert. Bei ihrem ehebrecherischen Freund soll es sich nämlich um Alfred Krog gehandelt haben!«

# Kapitel 8

Stine Brunkhorst war dank Monas und Ennos Ermittlungen vor einiger Zeit zu einer Freiheitsstrafe verurteilt worden, weil sie den Mord an ihrem Ehemann in Auftrag gegeben hatte. Dass Stine Brunkhorst sich an der Kommissarin hatte rächen wollen, passte zu ihrem Charakter – sie prozessierte auch jahrelang gegen ihre eigene Schwester, weil in einem Erbschaftsstreit auf Biegen und Brechen Recht bekommen wollte.

»Du glaubst also, dass der alte Bäcker mit Stine Brunkhorst gemeinsame Sache macht, Enno?«

Der Oberkommissar antwortete: »Ja, denn Alfred ist offensichtlich der ,Bekannte‘, von dem Franka mehrfach gesprochen hat. Er stellt das Bindeglied zwischen seiner ehemaligen Geliebten hinter Gittern und dem ,Bonnie-und-Clyde-Pärchen‘ Franka Bartels und Chris Thaler dar.«

»Aber wie hat Alfred herausgefunden, dass die beiden für eine Straftat zu gewinnen sind?«, rätselte Mona.

»Ich habe eine Idee, aber erst einmal brauche ich etwas Flüssiges in den Bauch.«

»Wenn das so ist, setze ich schon mal Teewasser auf«, bot seine Kollegin an. Für sie stand fest, dass der wuchtige Ostfriese weder Kaffee noch Wasser zu sich nehmen wollte. Und auch kein Bier, jedenfalls nicht während der Arbeit. Er ging in ihr gemeinsames Dienstzimmer, während Mona sich in die kleine Teeküche der Wache begab. Sie vergegenwärtigte sich die Ereignisse des vorigen Tages: Was hatte Alfred Krog in Thalers Taschen gesucht? Ob er die Daten des Smartphones löschen wollte? Vielleicht war es ihm sogar gelungen. Die Kommissarin hatte noch keine Gelegenheit gehabt, sich das Gerät genauer anzuschauen. Falls Alfred Krog Thaler nicht für den Mörder seines Sohnes hielt, musste es jedenfalls für die brutale Attacke auf die Saisonkraft einen anderen wichtigen Grund gegeben haben. Es dauerte nicht lange, bis sie das heiße Wasser über die Teeblätter in der vorgewärmten Kanne goss. Sie tat alle notwendigen Utensilien auf ein Tablett, wobei auch ein Tellerchen mit Anisplätzchen nicht fehlen durfte. Als sie ins Büro trat, arbeitete der Oberkommissar bereits an seinem PC.

»Ich habe eine Vermutung, warum der alte Bäcker dem Gaunerpärchen ein zwielichtiges Angebot gemacht hat«, meinte er und fuhr fort: »Zumindest Thalers Arbeitsaufnahme ist offenbar durch die Vermittlung seines Bewährungshelfers zustande gekommen. Und wer unter Aufsicht der Justizbehörde steht, ist zumindest schon einmal mit dem Gesetz in Konflikt geraten. Joris Krog wusste also, dass sein Aushilfsbäcker vorbestraft ist – wahrscheinlich ist dies auch Alfred Krog nicht entgangen.«

»Aus Sicht des wahren Mörders ist Thalers Vergangenheit ein großer Vorteil – wer schon einmal vor Gericht gestanden hat und verurteilt wurde, eignet sich hervorragend als Sündenbock.«

Enno fragte: »Du hältst also Thaler nicht für Joris' Mörder?«

»Momentan ist er noch auf meiner Verdächtigenliste, aber inzwischen sind ja noch andere Varianten des Tathergangs denkbar. - Du kennst doch Vater und Sohn Krog schon sehr lange. Hältst du es für möglich, dass Alfred seinen Sprössling während eines Wutanfalls getötet hat, weil es unter der neuen Leitung mit der Bäckerei bergab geht und Joris sich mehr für fremde Frauen als für den Unternehmensgewinn interessiert?«

Der Oberkommissar antwortete nicht sofort, denn er musste erst ein Kluntje in seine Tasse tun und dann die starke Assam-Mischung darüber gießen. Nachdem er mit andächtiger Miene auch noch einen Löffel Sahne folgen ließ, erwiderte er: »Alfred war immer schon aufbrausend, ist aber nie gewalttätig geworden. Jedenfalls erinnere ich mich nicht, dass wegen dieser Familie jemals ein Polizeieinsatz notwendig gewesen wäre. - Angenommen, Franka Bartels hätte die Wahrheit gesagt. Dann muss jemand in die Backstube eingedrungen sein, während Thaler gerade nicht anwesend war. Vielleicht hat Joris ihn in den Ort geschickt, um etwas zu holen. Und als Thaler zurückkehrt, ist der Mord durch einen Dritten entweder schon geschehen oder in vollem Gang. Zu der zweiten Variante passt die Annahme, dass Alfred der Täter sein könnte. Er erstickt seinen eigenen Sohn und wird dabei von Thaler entweder fotografiert oder gefilmt. Dann haut der Aushilfsbäcker ab, und Alfred will ihn natürlich für immer zum Schweigen bringen.«

Die Kommissarin zeigte auf Thalers Smartphone, das in einem Beweismittelbeutel auf dem Tisch lag: »Ich habe vorhin schon festgestellt, dass dieses Gerät mittels eines Fingerabdrucks zu entsperren ist. Was hältst du davon, wenn wir einen Krankenbesuch machen? Bei der Gelegenheit könnten wir Thalers Telefon aktivieren.«

»Ich bin dabei«, sagte Enno. Doch bevor sie aufbrachen, trank er noch eine weitere Tasse Tee.

Das kleine Borkumer Krankenhaus war von der Wache aus zu Fuß innerhalb von zehn Minuten zu erreichen. Die Kommissare gingen zunächst Richtung Alte Schulstraße. Mona mochte diesen Weg, den sie schon unzählige Male zurückgelegt hatte. Hier im alten Ortszentrum standen viele schön restaurierte Villen, in denen Frühstückspensionen untergebracht waren oder die als exklusive Ferienhäuser dienten.

»Was hätte Stine Brunkhorst davon gehabt, meinen Ruf zu ruinieren?«, dachte Mona laut nach. »Ihre Haftstrafe wäre nicht verkürzt worden, wenn ich unter den Verdacht des Schmuckdiebstahls gerate.«

»Vielleicht wollte sie mithilfe eines skrupellosen Rechtsanwalts einen Skandal lostreten und erreichen, dass ihr Prozess neu aufgerollt wird – wenn du erst als liederliche Kriminalistin abgestempelt bist, könnte man auch deine Ermittlungsergebnisse in Zweifel ziehen«, gab ihr Kollege zu bedenken.

»Wenn du wüsstest, wie liederlich ich tatsächlich sein kann«, scherzte die Kommissarin, wurde aber gleich wieder ernst: »Immerhin haben wir Franka Bartels' Aussage. Ich hoffe, dass die Staatsanwaltschaft damit ein neues Verfahren gegen Stine Brunkhorst einleitet, damit diese falsche Schlange noch ein paar Jahre mehr brummen darf!«

Es dauerte nicht lange, bis die Ermittler das Hospital betraten. Es verfügte nur über wenige Betten, spezielle Behandlungen mussten auf dem Festland durchgeführt werden. Doch Thalers Kopfwunde konnte auch auf Borkum versorgt werden.

»Der Verdacht auf Schädelbasisbruch hat sich zum Glück nicht bestätigt«, teilte Dr. Siemers den Kommissaren mit. »Ich erwarte, dass der Patient bald aus der Ohnmacht aufwacht.«

»Ist es möglich, dass er schon bei Bewusstsein ist und nur simuliert, um nicht mit uns reden zu müssen?«

»Das kann ich nicht ausschließen«, lautete die Antwort des Mediziners. Die Kommissare gingen zu dem Krankenzimmer hinüber, vor dessen Tür Polizeimeister Hauke Knudsen auf einem Stuhl Platz genommen hatte.

»Moin, der Verdächtige ist immer noch nicht zu sich gekommen«, berichtete der junge Kollege. Mona und Enno nickten ihm zu. Dr. Siemers hatte sie gebeten, den Besuch möglichst kurz zu halten. Thaler lag so unbeweglich wie eine aufgebahrte Leiche in seinem Krankenbett. Sein Kopf war bandagiert, in seinem Arm steckte eine Hohlnadel, die durch einen Schlauch mit einer Infusionslösung verbunden war. Die Kriminalistin hätte nicht beurteilen können, ob er ihre Anwesenheit bemerkte oder nicht. Sie zog Latexhandschuhe über und holte das Smartphone aus dem Beweismittelbeutel.

»Wir werden herausfinden, was mit dir los ist«, sagte sie laut, während sie das Telefon einschaltete und mithilfe seines rechten Zeigefingers entsperrte. Sie konnte es kaum abwarten, die Daten auszuwerten. Nachdem die beiden das Krankenhaus wieder verlassen hatten, warf die Kommissarin ihrem Kollegen einen Seitenblick zu.

»Eigentlich könnten wir schon Mittagspause machen, während wir das Smartphone überprüfen. Was meinst du?«

Enno nickte begeistert: »Ja, intensive Ermittlungsarbeit macht hungrig.«

Auf dem Rückweg zur Polizeistation kamen sie bei *Rudi's Schlemmerland* vorbei. Der beliebte Imbiss in der Wilhelm-Bakker-Straße war gegen halb zwölf noch nicht allzu stark besucht. Enno entschied sich für ein Schnitzel Jägerart mit Pommes frites, Mona gab dem großen Salat eine Chance. Die Kommissare suchten sich eine ruhige Ecke und tranken alkoholfreies Bier, während sie auf ihr Essen warteten. Draußen fuhr eine Gruppe Frauen auf Fahrrädern vorbei, die durch ihre einheitlichen Kapuzenpullover mit Aufdruck unschwer als Kegelschwestern zu erkennen waren. Mona legte Thalers Smartphone auf die karierte Tischdecke und rückte ihren Stuhl neben den ihres Kollegen, so dass beide die Inhalte betrachten konnten. Enno setzte seine Brille auf: »Die Textnachrichten bestätigen Franka Bartels' Aussage. Natürlich ist es auch denkbar, dass Thaler seiner Freundin gegenüber den Mord an Joris verschwiegen hat. Aber warum hätte er das tun sollen?«

»Weil es für einen Verbrecher immer nachteilig ist, Mitwisser zu haben – sogar dann, wenn es die eigene Freundin ist«, meinte die Kommissarin und fuhr fort: »Lass uns die Frage, ob Thaler Joris getötet hat, für den Moment ausklammern. Ich kann es kaum erwarten, mir die Fotos anzuschauen.«

Sie hatte insgeheim die Hoffnung, im Bildordner Aufnahmen von dem Mord in der Backstube zu entdecken. Aber solche Fotos suchte sie vergeblich. Stattdessen gab es mehrere Dutzend Bilder, auf denen Svea Krog zu sehen war – stets mehr oder weniger leicht bekleidet. Es handelte sich offenbar um Aufnahmen eines Voyeurs, denn die Frau des jungen Bäckers posierte nicht vor der Kamera. Die Fotos waren vermutlich morgens beim Aufstehen oder abends vor der Bettruhe entstanden. Svea hatte lediglich ihre Vorhänge nicht sorgfältig genug geschlossen.

»Thaler scheint ein großes Interesse an seiner Chefin gehabt zu haben«, stellte Enno nüchtern fest und fügte hinzu: »Auf jeden Fall hat er sich durch diese Aufnahmen strafbar gemacht.«

»Was du nicht sagst! Und schau nicht so genau hin, du bist verheiratet!«

»Ebenso wie du.«

Mona lachte und sagte: »Ja, und jetzt ist Schluss mit der Fleischbeschau! Nee, ernsthaft: Hat Thaler Svea nur aus der Ferne angeschmachtet oder ist er ihr zu nahe getreten? Hat ihr Ehemann bemerkt, dass Thaler ihr nachstellt? Wollte er ihn deshalb feuern oder sogar anzeigen? Diese Fotos sind jedenfalls ein Verstoß gegen § 276 BGB. Und da Thaler vorbestraft ist, kann er vor Gericht keine Milde erwarten.«

Der Oberkommissar nickte langsam: »Ja, und bevor Joris seinen Angestellten zur Verantwortung ziehen konnte, wurde er von ihm erstickt. - Beim Militär nennt man so etwas wohl einen Präventivschlag.«

»So könnte sich die Tat wirklich abgespielt haben, die Bilder sind zumindest ein glaubwürdiges Motiv«, sagte Mona und ergänzte: »Allerdings habe ich keinen blassen Schimmer, wie wir Thaler den Mord nachweisen sollen. - Die Tatwaffen? Das sind seine eigenen Hände. Teigreste unter den Fingernägeln? Darüber würde sich jeder Strafverteidiger totlachen, zumal sein Mandant ein Bäcker ist. Und von einem Zeugen können wir nur träumen. Thaler muss einfach nur bei der Behauptung bleiben, den Mord nicht begangen zu haben. Sicher, für die Fotos wird er sich vor Gericht verantworten müssen. Aber für ein paar Spannerbilder kriegt man nicht lebenslänglich!«

Die Kommissare unterbrachen ihr Zwiegespräch, weil nun das Essen fertig war. Sie widmeten sich zunächst ihren leckeren

Gerichten. Nachdem sie aufgegessen und gezahlt hatten, kehrten sie zur Wache zurück.

»Falls Thaler Joris wirklich auf dem Gewissen hat, dann könnte er ungeschoren davonkommen«, gab Enno zu. »Allerdings bin ich davon noch nicht hundertprozentig überzeugt – Alfreds heftige Reaktion auf Thaler wird dadurch nämlich nicht erklärt. Warum hat der alte Bäcker das Smartphone nicht an sich genommen, als er Thalers Taschen durchsuchte? Wenn es ihm um die Bilder gegangen wäre, dann hätte er das Telefon nur an sich nehmen und zerstören müssen. Aber Alfred hat seinem bewusstlosen Opfer nichts entwendet. Warum nicht? Weil Thaler das Gesuchte nicht bei sich hatte.«

»Wir müssen auf jeden Fall klären, wonach Alfred Krog gesucht hat«, stellte Mona fest, »und da er wohl kaum mit der Wahrheit herausrücken wird, müssen wir Beweise beschaffen. - Was hältst du davon, wenn wir uns aufteilen? Ich spreche mit Svea Krog, sozusagen von Frau zu Frau. Vielleicht kann ich ihr ja Informationen über ihren Verehrer Thaler entlocken. Außerdem möchte ich erfahren, ob sie sich über die Seitensprünge ihres Mannes im Klaren war. Und dann werde ich die Umgebung des Waldlehrpfads unter die Lupe nehmen. Mit etwas Glück finde ich die vermisste Umhängetasche.«

»Und was soll ich währenddessen tun?«, fragte Enno.

»Du knöpfst dir Alfred Krog noch einmal vor. Mich nimmt er sowieso nicht ernst – weil ich jung, eine Frau und zu allem Überfluss auch noch eine Zugezogene bin. Aber dir gegenüber wird er vielleicht unvorsichtig und lässt sich in die Karten schauen.«

»Ja, so können wir es machen«, stimmte der Oberkommissar zu. Mona rief Svea an und fragte, ob sie daheim sei – was der Fall war. Auf dem Weg zur Ankerstraße sortierte die Kriminalistin ihre Überlegungen: Auch Svea Krog musste immer noch als Verdächtige betrachtet werden, zumal auch sie eigentlich kein Alibi hatte. Es wäre ihr möglich gewesen, ihren Ehemann zu ersticken, während Franka Bartels vorn im Laden war – und dann so zu tun, als ob sie die Leiche gerade eben erst gefunden hätte. Eigentlich hatte die Kriminalistin den Schock der Witwe angesichts der Todesnachricht glaubhaft gefunden. Allerdings war Mona in der Vergangenheit gelegentlich auf die schauspielerischen Fähigkeiten von Kriminellen hereingefallen, wie sie sich selbstkritisch eingestehen musste. Am Ladenlokal hing eine Pappe mit der Aufschrift WEGEN TRAUERFALL GESCHLOSSEN. Die Kommissarin klingelte bei dem *Privat*-Schild. Es dauerte nicht lange, bis ihr die Tür geöffnet wurde. Svea Krog war sehr blass. Sie trug schwarze Jeans und ein T-Shirt von derselben Farbe. In diesem Moment fiel es Mona schwer zu glauben, dass diese Frau etwas mit dem Tod ihres Mannes zu tun haben könnte. Andererseits – Svea wusste genau, wie wichtig ihre Glaubwürdigkeit gegenüber der Polizei war.

»Komm rein, Mona.«

Ihre Stimme hörte sich rau an. Die Kommissarin folgte ihr auf der steilen Treppe, die ins Obergeschoss führte. Die Wohnung des Bäckerehepaars war gemütlich und für Monas Geschmack ein wenig zu altmodisch eingerichtet. Aber sie musste ja nicht dort leben. Die beiden Frauen gingen in die Küche, und Svea setzte ungefragt Wasser für Tee auf.

»Mein Schwiegervater scheint ziemlich sauer auf die Polizei zu sein«, meinte die Witwe. »War es wirklich nötig, ihn über Nacht einzusperren wie einen Schwerverbrecher?«

»Ja, weil er Thaler krankenhausreif geschlagen hat, wie ‚Schwerverbrecher‘ es tun – und dafür wird er sich verantworten müssen«, stellte Mona unmissverständlich fest. Etwas sanfter fügte sie hinzu: »Thalers Schuld am Tod deines Mannes ist noch keineswegs bewiesen. Er könnte stattdessen ein wichtiger Zeuge sein, der sich vor dem wahren Mörder in Sicherheit bringen wollte – um ihn möglicherweise zu erpressen.«

Normalerweise besprach sie ihre Überlegungen nicht mit Personen, die selbst verdächtig waren. Aber hier lag der Fall anders. Die Kommissarin wollte beobachten, wie Svea auf ihre Worte reagieren würde. Die Witwe erwiderte zögernd: »Du meinst … jemand anders könnte Joris getötet haben? Aber wer sollte zu einer solchen Tat fähig sein?«

»Ich hatte gehofft, von dir eine Antwort auf diese Frage zu bekommen. - Wie würdest du übrigens dein eigenes Verhältnis zu Thaler beschreiben?«

Die Kriminalistin hatte am Küchentisch Platz genommen, auf dem eine bunte Wachsdecke lag, Svea hatte Teetassen aus dem Schrank geholt.

»Ich hatte mit Thaler nicht viel zu tun, weil er meist in der Backstube arbeitete. Wenn es etwas mit ihm zu besprechen gab, dann war dies Joris' Aufgabe. Für mich war er nur ein Aushilfsbäcker.«

»Wusstest du eigentlich, dass Thaler vorbestraft ist?«

»Ja, Mona. Joris und ich haben uns deswegen sogar gestritten. Mein Schwiegervater und ich waren der Meinung, dass man so einem Kerl nicht trauen kann. Aber Joris fand, dass jeder Mensch eine zweite Chance verdient hätte.«

*Deiner Verkaufskraft wurde ja auch eine Jugendstrafe aufgebrummt,* dachte Mona. Falls Frankas Tat damals nicht allzu schwer gewesen war, wurde dieser Eintrag nach fünf Jahren aus ihrem Register gelöscht. Es kam der Kommissarin jetzt auch nicht darauf an, ob Svea Straftätern mit Vorurteilen gegenübertrat. Für die Ermittlung war vor allem wichtig, dass Alfred Krog von Thalers Vergangenheit Kenntnis hatte – und somit tatsächlich für eine Verstrickung in die Intrige gegen Mona infrage kam. Sie konnte es kaum erwarten, ihm zu diesem Punkt ein paar gezielte Fragen zu stellen. Während der Kriminalistin diese Gedanken durch den Kopf gingen, goss Svea Tee ein und sprach weiter: »Du willst wahrscheinlich darauf hinaus, ob ich Thalers Interesse an mir bemerkt habe. Natürlich, eine Frau spürt so etwas. Das wäre dir nicht anders gegangen, Mona. Aber ich habe Thaler nie Hoffnungen gemacht. Für mich gibt – oder gab – es als Mann nur Joris, obwohl dies leider nicht auf Gegenseitigkeit beruhte.«

»Wie meinst du das?«, fragte die Kommissarin, obwohl sie die Antwort ahnte. Svea schnaufte durch die Nase, aber sie schien nicht amüsiert zu sein: »Du musst mir keine Komödie vorspielen, Mona! Es ist ja ehrenwert von dir, dass du die Sache totschweigen willst. Aber ich weiß genau, dass mein Mann kürzlich mit dir ins Bett wollte – und dass du ihn scharf zurückgewiesen hast!«

Die Kriminalistin bekam rote Ohren, obwohl sie sich doch gar nichts hatte zuschulden kommen lassen. Sie ärgerte sich auch ein wenig über sich selbst, weil sie in diesem für sie so unangenehmen Moment Sveas Anwesenheit gar nicht bemerkt hatte. Die Witwe fuhr fort: »Ich weiß von Joris' Frauengeschichten, den echten und den von ihm erträumten. Vielleicht fragst du dich, warum ich als Gattin mir seine Seitensprünge habe gefallen lassen. Das weiß ich selbst nicht. Vielleicht ist es Liebe, dämliche und nicht erwiderte Liebe.«

Ihre Augen wurden feucht, während sie den letzten Satz aussprach. Mona hielt es für besser, sich einen Kommentar zu sparen. Manchmal erreichte man als Polizistin mehr, wenn man die Leute einfach reden ließ.

»Du bist ja jetzt auch verheiratet, vielleicht gerätst du eines Tages in eine ähnliche Lage, obwohl ich es dir nicht gönnen würde«, sagte Svea. Sie fügte hinzu: »Der Apfel fällt nicht weit vom Stamm, diese Binsenweisheit kennst du bestimmt. Joris hat mir eines Nachts im angetrunkenen Zustand gebeichtet, dass sein Vater in dessen Jugend auch ein Weiberheld gewesen sein soll. Als ob das eine Entschuldigung wäre! Aber ich hätte Joris deshalb nie verlassen, dafür liebte ich ihn zu sehr ...«

Die Behauptungen der Witwe warfen Monas Annahmen teilweise über den Haufen – immer vorausgesetzt, dass sie die Wahrheit sagte. War es jetzt noch glaubhaft, dass Alfred seinen Sohn wegen dessen ‚Frauenverschleiß‘ Vorwürfe gemacht hatte? Bisher stammte diese Aussage nur von Franka Bartels – und ob dieser Frau Glauben geschenkt werden konnte, war zumindest zweifelhaft. Allerdings konnte es einen anderen Grund geben, aus dem der alte Bäcker seinen eigenen Sohn getötet hatte – ob die verschwundene Umhängetasche etwas damit zu tun hatte? Und auch Svea selbst stand nach wie vor unter Verdacht. Vielleicht hatte sie die Flucht nach vorn angetreten, indem sie behauptete, über die geheimen Affären ihres Mannes Bescheid zu wissen. *Zumindest in meinem Fall trifft das sogar zu – abgesehen davon, dass ich standhaft geblieben bin,* dachte Mona. Sveas Worte rissen sie aus ihren Überlegungen: »Es kam mir so vor, als ob Thaler und Franka Bartels ein Paar wären. Dagegen habe ich nichts einzuwenden, solange die Arbeit darunter nicht leidet. Aber mir gegenüber hat Thaler sich stets korrekt verhalten. Er stand wahrscheinlich auf mich, hat aber Distanz gewahrt.«

»Ich muss dir leider mitteilen, dass Thaler heimlich intime Fotos von dir gemacht hat. - Wofür er sich vor Gericht wird verantworten müssen«, fügte die Kommissarin schnell hinzu, denn die Witwe erschrak sichtlich.

»Die Aufnahmen werden selbstverständlich gelöscht, sobald sie für einen Strafprozess dokumentiert sind«, erklärte Mona.

»Wahrscheinlich sind die Bilder vor deinem Schlafzimmerfenster entstanden.«

»Dieser Mistkerl!«, fluchte Svea. »Ich wusste, dass ich ihm nicht trauen kann!«

»Du sagtest vorhin, dass außer dir auch dein Schwiegervater Vorbehalte gegen Thaler hatte. War er besonders daran interessiert, den Aushilfsbäcker vor die Tür zu setzen?«

»Lieber heute als morgen, Mona! Aber andererseits war ihm auch bekannt, wie schwer es ist, einen Bäcker für die Saison anzuheuern. Alfred hatte Thaler jedenfalls immer auf dem Kieker. Deshalb sind bei ihm auch gleich die Sicherungen durchgebrannt, als er von Joris' Tod erfuhr.«

*Oder aus einem anderen Grund,* dachte die Kommissarin. Sie fragte: »Was ist eigentlich in der Umhängetasche, die Thaler immer mit zur Arbeit genommen hat?«

»Das weiß ich nicht, ehrlich. Wahrscheinlich eine Thermoskanne und sein Frühstück. Darüber habe ich mir nie Gedanken gemacht.«

»Ich muss noch auf einen anderen Punkt zu sprechen kommen, Svea. - Nach Joris' Tod wird die Bäckerei jetzt dir gehören, oder?«

Mona hatte eigentlich damit gerechnet, dass die Witwe wegen ihrer Frage ausflippen würde. Als die Kommissarin die Hochzeitstorte hatte bezahlen wollen, war Svea ja ebenfalls durchgedreht. Aber diesmal fiel ihre Reaktion eher verhalten aus: »Ich verstehe, warum du dich nach dem Erbe erkundigst. Aber falls du glaubst, ich würde mich durch den Mord an meinem Mann finanziell gesundstoßen, dann bist du auf dem Holzweg. - Frag die Bank: Der Filialleiter hat außer Mitleid nichts mehr für uns übrig, jedenfalls keine neuen Kredite. Es geht der Bäckerei Krog nicht gut. Wir müssten neue Maschinen kaufen, für die wir aber kein Geld haben und die wir nicht finanziert bekommen. Und ohne moderne Ausrüstung können wir gegenüber der Konkurrenz nicht mithalten. So etwas nennt man wohl einen Teufelskreis. Ich erbe also einen Haufen Schulden. Und wie ich den Betrieb fortführen soll, weiß ich nicht. Mein Schwiegervater ist zwar ebenfalls Bäckermeister, aber mit seinen gesundheitlichen Einschränkungen kann er nicht stundenlang in der Backstube stehen. Immerhin darf er die Bäckerei leiten, zumindest auf dem Papier. Für die tägliche Arbeit bräuchte ich Thaler, der aber von euch verdächtigt wird und

76

der eklige Fotos von mir gemacht hat. Man könnte darüber lachen, wenn es nicht so traurig wäre. - Wie geht es ihm eigentlich?«

»Thaler ist nicht so schwer verletzt wie zunächst befürchtet, aber immer noch nicht bei Bewusstsein. - Du hast mir heute sehr viel weitergeholfen, Svea. Ich melde mich, sobald es etwas Neues gibt. Wo ist eigentlich die Freundin, die sich um dich kümmern wollte?«

»Nina habe ich wieder weggeschickt. Sie war mir keine echte Hilfe. Wie du siehst, komme ich ganz gut allein klar. Außerdem ist ja auch noch mein Schwiegervater hier, falls er nicht gerade irgendwo über die Insel geistert. Aber ich verstehe ihn, daheim fällt ihm jetzt gewiss die Decke auf den Kopf. Und nach einer Nacht in eurer Arrestzelle braucht er den freien Strand und den Blick auf die Nordsee wahrscheinlich doppelt und dreifach.«

»Alles klar – du weißt selbst am besten, wie es dir geht.«

»Das tue ich, Mona. - Wann kann ich die Beerdigung planen?«

»Der Leichnam wird in Oldenburg obduziert. Ich sage dir Bescheid, sobald er freigegeben wird.«

Mit diesen Worten verabschiedete sich die Kommissarin von der Witwe. Natürlich hätte sie sich noch danach erkundigen können, ob Joris Substanzen zu sich nahm, die seine Widerstandsfähigkeit geschwächt hätten. Aber diese Frage sprach Mona nicht aus. Erstens hätte sie vielleicht keine ehrliche Antwort bekommen, und zweitens würde Joris es seiner Frau nicht unbedingt verraten haben, wenn er irgendwelche Mittel schluckte. Es war besser, auf das Obduktionsergebnis zu warten. Falls Joris durch ein Medikament oder eine Droge geschwächt gewesen war, würde sich dies im Blut nachweisen lassen. Mona ging zur Deichstraße hinüber und am Denkmal für die Seebestatteten vorbei Richtung Polizeistation. Sie konnte sich vorstellen, wie ihr Chef auf die neuesten Ermittlungsergebnisse reagieren würde. Die intimen Fotos von Svea wären nach Oltbecks Meinung starke Hinweise auf Thalers Täterschaft. Oberflächlich betrachtet konnte dies stimmen: Er wollte den Ehemann aus dem Weg räumen, um bei der Ehefrau freie Bahn zu haben. Aber wie passte Alfred Krogs vergebliche Suche in Thalers Taschen in dieses Bild? Ganz zu schweigen von der missglückten Intrige gegen Mona. Die Kommissarin war inzwischen ziemlich sicher, dass das Diamanten-Collier als Notlösung in der Torte versteckt wurde. Das war die einzig logische Möglichkeit. Thaler hatte das Schmuckstück zuletzt in

Händen gehabt. Wenn er es in die Torte gedrückt hatte und danach abgehauen war – aus welchem Grund hatte er es nicht wieder zurückgeholt?

»Die Frage stelle ich ihm, sobald er aufwacht«, sagte die Kommissarin laut zu sich selbst. Als sie die Wache betrat, blickte Grietje von ihrer Computertastatur auf: »Moin, du glückliche Ehefrau! Wie war die Hochzeitsnacht?«

»Ich glaube schon länger nicht mehr an den Klapperstorch, insofern gab es nichts Neues«, erwiderte Mona schlagfertig. »Ist meine dienstliche bessere Hälfte anwesend?«

»Nee, Enno hat sich in einer Milchbude mit dem alten Giftzwerg verabredet, den wir vorige Nacht beherbergt haben.«

»Du meinst Alfred Krog, Grietje.«

»Ja, so heißt er. - Eine Unverschämtheit, sich über meine legendären Jagdwurststullen zu beschweren.«

Mona lachte und sagte: »Du stehst doch über den Dingen. - Ich fahre jetzt zum Waldlehrpfad und schaue mich dort nach Beweisen um.«

»Viel Vergnügen«, gab die sommersprossige Polizeimeisterin zurück.

# Kapitel 9

Beim Radeln Richtung Naturschutzgebiet ging Mona in Gedanken ihre bisherigen Verdächtigen durch. Thaler hatte zweifellos Motiv und Gelegenheit – was allerdings auch auf Svea zutraf, obgleich ihr die Seitensprünge ihres Ehemanns angeblich nichts ausgemacht hatten. Mona konnte diese Behauptung nur schwer glauben. Sie selbst wäre jedenfalls tief gekränkt gewesen, wenn Jan sie auf diese Weise hintergangen hätte. Obwohl Mona ihm selbst einmal untreu gewesen war, was sie sich immer noch nicht verzeihen konnte. Sie schob diesen Gedanken beiseite und konzentrierte sich auf Alfred. Der alte Mann war trotz seiner körperlichen Beeinträchtigungen aggressiv und kräftig genug, was er bei der Attacke auf Thaler bewiesen hatte. Aber würde er wirklich seinen einzigen Sohn aus Jähzorn töten? Alfred musste die finanzielle Schieflage der Bäckerei kennen. Wenn er Joris umbrachte, dann wäre es so, also ob er gleichzeitig auch sein Lebenswerk zerstören würde. Nein, diese Möglichkeit erschien der Kommissarin als die Unwahrscheinlichste. Und dann gab es auch immer noch die Überlegung, dass ein anderer Verdächtiger unbemerkt in die Backstube eingedrungen war, während Thaler durch Abwesenheit glänzte. Aber würde Joris sich gegen einen Fremden nicht gewehrt haben? Er war jung und kräftig gewesen, aber die Auffindesituation der Leiche deutete nicht auf einen Kampf hin. Mona stellte ihre Überlegungen für den Moment zurück. Ihr Vorgesetzter würde sich ohnehin nur durch handfeste Beweise überzeugen lassen – und nach denen hielt sie nun Ausschau.

Die Kommissarin hatte jetzt die Stelle an der langgestreckten Ostfriesenstraße erreicht, wo der Waldlehrpfad abzweigte. Diesen Weg konnte man nur zu Fuß oder mit dem Fahrrad benutzen. Sie ließ ihren Drahtesel dort stehen, wo ein Schild auf die Vielfalt von Borkums Flora und Fauna hinwies. Mona blieb stehen und versuchte, sich in Thaler hineinzuversetzen. Sie selbst kannte sich auf der Insel ziemlich gut aus, auch den Waldlehrpfad hatte sie bereits etliche Male betreten, sowohl privat als auch dienstlich. Sie erinnerte sich mit Schaudern an einen Fall, wo sie hier die Kleidung ihrer besten Freundin Kati gefunden hatte. Aber das war Vergangenheit, es kam jetzt auf die Gegenwart an. Wenn Thaler hier irgendwo ein Versteck hatte, dann musste er dieses selbst leicht wiederfinden können. Die üppig wuchernde Vegetation machte es leicht, den Überblick zu verlieren. Der Weg war mit Informationstafeln gesäumt, auf denen einzelne Pflanzen erklärt wurden. Jedes dieser Schilder hätte als Kennzeichen dienen können, um direkt daneben die Umhängetasche zu vergraben – oder? Allerdings gab es einen entscheidenden Nachteil: Wenn Thaler in der Dunkelheit schnell auf das Versteck zugreifen wollte, würde er zunächst mithilfe einer Lampe die richtige Tafel suchen müssen. Mona schlenderte nachdenklich den Pfad entlang. Viele Touristen waren erstaunt, dass es auf Borkum nicht nur Strand und Meer, sondern auch Waldstücke voller Krummholz und wildem Grün gab. Die Büsche und Sträucher standen teilweise so dicht, dass sie einen perfekten Sichtschutz bildeten – ideal für jeden, der nicht erkannt werden wollte. Je länger sie darüber nachdachte, desto sinnvoller erschien es ihr, Wertsachen hier im Naturschutzgebiet zu verbergen. Wenn man den Platz nur richtig wählte, dann war er sicherer als jeder Aufbewahrungsort in einem Zimmer oder einem Haus. Sie blieb abrupt stehen, als sie eine Ruhebank erblickte. Das wäre an sich nichts Ungewöhnliches gewesen, denn überall auf der Insel gab es solche Sitzgelegenheiten für müde Wanderer. Aber neben der Holzbank war auch ein Abfallbehälter aus leuchtend orangefarbenem Plastik angebracht. Auch in der Dämmerung oder sogar bei Nacht würde man diesen Mülleimer schon von weitem erkennen. Die Kriminalistin ging neben dem Behältnis in die Knie und schaute sich die unmittelbare Umgebung genauer an. Nein, sie hatte sich nicht getäuscht. Unter der Ruhebank war noch vor kurzer Zeit gegraben worden. Sie beseitigte das Erdreich mit bloßen Händen. Unter einer dünnen Schicht Sand und Waldboden kam tatsächlich eine Kunststofftasche zum Vorschein. Monas Herz schlug schneller, als sie ihren Fund hervorzog. Sie war so vertieft in ihre Tätigkeit, dass sie für den Moment jede Vorsicht vergaß. Das wurde ihr klar, als sie ein leises Knacken hinter sich hörte. Die Kommissarin wollte herumwirbeln, aber es war zu spät. Sie bekam einen heftigen Schlag auf den Hinterkopf. Mona spürte einen blitzartigen Schmerz. Gleich darauf verlor sie das Bewusstsein.

*

»Sie kommt zu sich.«

Mona blinzelte, rang nach Atem und schmeckte Blut. Sie stellte fest, dass sie sich auf die Zunge gebissen hatte, als sie aus dem Hinterhalt attackiert worden war. Die Stimme war ihr vertraut, obwohl diese aus weiter Ferne an ihr Ohr zu dringen schien. Sie öffnete vorsichtig die Augen und erblickte ihre Kollegin Aiske Berend, die neben ihr kniete und ihren Puls fühlte. Mona lag neben der Ruhebank auf dem Waldlehrpfad. Sie war in eine stabile Seitenlage gedreht worden. Aiske und Polizeimeister Claas Lammer trugen ihre Fahrraduniformen. Die Kommissarin erinnerte sich, dass die beiden an diesem Tag zur Radpatrouille eingeteilt waren. Weite Teile der Insel waren Naturschutzgebiet und durften mit Autos nicht befahren werden. Auf diesen Wegen und Pfaden zeigte die Borkumer Ordnungsmacht daher auf Zweirädern oder zu Fuß Polizeipräsenz. Mona versuchte, sich aufzurichten – allerdings begann daraufhin in ihrem Kopf eine Karussellfahrt, und sie kehrte schnell in die Waagerechte zurück. Vorsichtig betastete sie ihren Hinterkopf. Er tat weh, blutete aber offenbar nicht.

»Die Umhängetasche ist wahrscheinlich weg, oder?«

Die Kommissarin richtete diese Frage an keine bestimmte Person. Sie bemerkte außer Aiske und Claas noch zwei ältere Frauen, die feste Schuhe, Kniebundhosen und karierte Blusen trugen.

»Eine Tasche ist nirgendwo zu sehen. - Die Damen haben uns gerufen, weil sie dich hier gefunden haben«, erklärte die uniformierte Polizistin. »Sie glaubten, es mit einer Volltrunkenen zu tun zu haben. Aber inzwischen wissen sie, dass du eine Kollegin bist.«

»Ja, ich bin heute nicht blau zum Dienst erschienen«, scherzte Mona. Sie versuchte, mit einem flotten Spruch ihre eigene miese Stimmung zu überspielen. Und sie hatte ja auch allen Grund, schlecht gelaunt zu sein – nicht nur, dass sie von der Attacke überrumpelt worden war. Es war ihrem Angreifer außerdem gelungen, die Umhängetasche samt Inhalt an sich zu bringen.

»Der Notarzt wird jeden Moment erscheinen«, warf Claas ein. Er hatte die Personalien der beiden Wanderinnen aufgenommen und bedankte sich nun bei ihnen. Ihre Anwesenheit war nicht mehr vonnöten. Dabei war den Damen anzusehen, dass sie gern mitbekommen hätten, was als Nächstes geschehen würde.

Die Kommissarin wollte erfahren, wie lange sie weggetreten gewesen war und schaute auf ihre Armbanduhr. Zwanzig Minuten waren vergangen, seit sie die Tasche ausgegraben hatte. Der Täter würde sich gewiss nicht mehr in der Nähe aufhalten, wenn er clever war. Nun eilten Dr. Siemers sowie zwei Sanitäter herbei. Mit jeder Minute, die verging, fühlte Mona sich etwas besser. Trotzdem ließ sie die Untersuchung klaglos über sich ergehen. Die Vorschriften verlangten, dass ein Mediziner ihre Vitalfunktionen überprüfte, obwohl äußerlich keine Verletzung zu erkennen war. Der Arzt leuchtete in ihre Augen, fragte nach Schwindel und Übelkeit. Außerdem betastete er ihren Schädel.

»Es geht mir schon viel besser, Herr Doktor«, beteuerte sie und versuchte, möglichst treuherzig zu schauen. »Es ist nicht notwendig, dass Sie mich dienstunfähig schreiben.«

Dr. Siemers kannte die Kommissarin seit Jahren und wusste, dass Diskussionen mit ihr höchst unerfreulich waren. Ihr Schädel hielt nicht nur einiges aus, sie verfügte auch über einen bemerkenswerten Dickkopf. Er gab seufzend nach: »Also gut, Frau Sander. Sie sind ja offenbar nicht lange ohne Bewusstsein gewesen. Aber versprechen Sie mir, dass Sie es für den Rest des Tages ruhig angehen lassen. Und falls der Schwindel zurückkehrt und Sie mit Übelkeit zu kämpfen haben, melden Sie sich bitte umgehend.«

Auch Enno kam nun aus Richtung Ostfriesenstraße herbeigeeilt. Sein Gesichtsausdruck spiegelte deutlich seine Besorgnis um Mona wider.

»Ihr hättet wirklich nicht so ein Tamtam machen müssen«, warf die Kommissarin Aiske vor. Mona fand es überflüssig, den Oberkommissar unnötig aufzuregen. Die Polizeimeisterin zuckte mit den Schultern: »Wir haben bei der Zentrale Meldung gemacht, das wird Enno mitbekommen haben.«

Der Ostfriese kniete sich neben Mona. Sie hob die Hand wie eine Schülerin, die sich meldet: »Bevor du etwas sagst – mir geht es gut, der Arzt hält mich für fit – nicht wahr?«

Die letzten beiden Worte richtete sie an Dr. Siemers – in einem Tonfall, der keinen Widerspruch zuließ.

»Die Hauptsache ist, dass Sie genug trinken und sich ausruhen«, murmelte der Mediziner, bevor er und die Sanitäter sich verabschiedeten. Mona kam nun vom Boden hoch und bemühte sich, nicht allzu wacklig zu wirken. Aber wem wollte sie etwas vormachen? Enno wusste, dass sie sich nicht krankmelden würde, bevor sie ihren Kopf nicht unter dem Arm trug. Aiske und Claas war ebenfalls bewusst, wie sie tickte. Während die beiden Fahrradpolizisten ihre Patrouille fortsetzten, ging die Kommissarin mit ihrem Kollegen zum Auto und berichtete, was sich ereignet hatte. Dann fügte sie hinzu: »Meist bist du es ja, der Zuversicht verbreitet. Aber heute bin ich mal dran: Es ist für unsere Ermittlungen wirklich gut, dass der Mörder mich ausgeknockt hat!«

»Das musst du mir erklären«, bat er stirnrunzelnd.

»Erstens ist der Täter noch auf der Insel, andernfalls hätte er mich nicht attackieren können. Zweitens können wir Thaler jetzt als Mordverdächtigen definitiv ausschließen, denn er liegt immer noch im Krankenhaus. Wenn es nicht so wäre, hätte der Arzt uns schon informiert. Und drittens ist die Tasche beziehungsweise ihr Inhalt von größter Bedeutung für den Verbrecher. Andernfalls hätte er nicht das Risiko auf sich genommen, mitten am Tag eine Polizeibeamtin k. o. zu schlagen.«

»Deine Argumente leuchten mir ein, Mona. Wer ist denn momentan dein Hauptverdächtiger?«

»Svea Krog«, lautete ihre Antwort. Sie erklärte: »Ich habe sie nach der Umhängetasche gefragt, worauf sie ausweichend reagierte beziehungsweise sich unwissend stellte. Also konnte sie sich denken, dass wir die Tasche noch nicht haben und wir danach suchen würden. Und Svea wusste vielleicht sogar, dass Thaler sich gelegentlich beim Waldlehrpfad herumtreibt. Obwohl sie behauptet hat, privat mit ihm gar nichts am Hut gehabt zu haben. Das hätte ich an ihrer Stelle auch gesagt – vor allem, wenn ich einen Mord vertuschen wollte!«

»Aber warum hätte sie ihren Ehemann umbringen sollen?«, gab Enno zu bedenken. »Svea hat dir doch erzählt, dass sie Joris trotz seiner Seitensprünge immer noch lieben würde. Das kann natürlich komplett gelogen sein. Eifersucht ist immer noch ein sehr starkes Tatmotiv.«

Während die beiden miteinander sprachen, hatten sie die Ostfriesenstraße erreicht. Enno bestand darauf, Mona zur Polizeistation zu fahren. Er schob ihr Fahrrad in den Kofferraum des Dienstwagens. Nachdem seine Kollegin auf dem Beifahrersitz Platz genommen hatte, fragte sie: »Wie verlief denn dein Treffen mit Alfred Krog? Hast du noch was aus ihm herausbekommen?«

»Immerhin hat er zugegeben, dass er mit Stine eine heiße Affäre hatte, als die beiden noch jung waren und sie noch nicht Brunkhorst hieß«, antwortete Enno. Er fuhr fort: »Wenn du mich fragst, dann empfindet Alfred immer noch etwas für diese Frau. Dass sie einen Mord beauftragt hat und deswegen im Gefängnis sitzt, blendet er wahrscheinlich komplett aus. Alfred ist nun schon seit einigen Jahren verwitwet. Vielleicht hofft er darauf, seine Beziehung zu Stine wiederaufleben lassen zu können.«

»Hat er denn zugegeben, die Dame mit Informationen über mich versorgt zu haben?«, wollte Mona wissen.

»Nee, aber für mich steht fest, dass er es war. Alfred ist die einzige Person, bei der ich ein Motiv sehe. Wahrscheinlich hat er gar nichts gegen dich persönlich – abgesehen davon, dass er Frauen bei der Polizei nicht für voll nimmt. Und die Chance, in Stines Gunst zu steigen, wollte er sich wahrscheinlich nicht entgehen lassen. - Alfred hält nach wie vor Thaler für den Mörder seines Sohnes. Von dieser Meinung ist er auch nicht abzubringen.«

Der Oberkommissar verstummte. Mona warf ihm einen Seitenblick zu.

»Du hast doch noch etwas auf dem Herzen«, unterstellte sie ihm.

»Ja, ich wollte mehr über Stine Brunkhorst in Erfahrung bringen – darum nahm ich Kontakt mit der Anstaltsleitung im Frauengefängnis Am Fuchsberg auf. Die Dame bemüht sich um eine Neuverhandlung ihres Prozesses, dafür hat sie Dr. Mehler als neuen Strafverteidiger engagiert.«

»Dr. Roland Mehler? Der Promi-Anwalt, der ansonsten nur Showmaster, Wetterfrösche und Fußballprofis vertritt?«, hakte Mona nach.

»Ja, Stine hat wahrscheinlich auf größtmöglichen Medienrummel zu ihren Gunsten gehofft – indem sie deinen Ruf ruiniert. Aber nachdem das Diamanten-Collier gar nicht in deinen Besitz gelangt ist, dürfte daraus wohl nichts werden. Allerdings müssen wir wohl damit rechnen, dass Stine Brunkhorst uns noch weitere Knüppel zwischen die Beine werfen lässt, um ihr Ziel zu erreichen.«

»Ich hätte wirklich Lust, selbst straffällig zu werden und mich dann zu ihr in die Zelle verlegen zu lassen. - Schau nicht so entsetzt, das war ein Scherz!«

»Bei dir weiß man ja nie so genau, woran man ist«, gab Enno mit einem schiefen Grinsen zurück. Er fügte hinzu: »Jetzt müssen wir

Oltbeck erst einmal davon überzeugen, dass du den Kopf noch auf den Schultern trägst.«

Der Chef hatte natürlich auch mitbekommen, dass Mona angegriffen worden war. Er war stets um das Wohlergehen seiner Untergebenen bemüht und erkundigte sich nach ihrem Befinden, als sie zusammen mit ihrem Kollegen sein Büro betrat.

»Es geht mir gut, Sie müssen mir keine kalten Umschläge machen«, scherzte sie. Dann kam die Kommissarin sofort zur Sache und brachte ihren Verdacht gegen Svea vor. Ihr Vorgesetzter wiegte den Kopf: »Wenn Sie sogar persönlich erleben mussten, dass Joris Krog sich zu fremden Frauen hingezogen fühlte, dann könnte die Ehefrau wirklich die Mörderin sein. Aber wäre sie denn körperlich dazu in der Lage, Krog zu ersticken?«

»Darüber habe ich auch schon intensiv nachgedacht«, antwortete Mona, »und ich denke, dass die Umstände für sie vorteilhaft waren. Ich stelle es mir so vor: Svea Krog betrat die Backstube. Thaler war nicht vor Ort, weil er sich mal wieder vor der Arbeit gedrückt hat. Sie musste also keine lästigen Zeugen fürchten. Das war eine Gelegenheit, die sie sich nicht entgehen lassen konnte. Joris stand wahrscheinlich über den Backtrog gebeugt, vielleicht hat er im ersten Moment gar nicht bemerkt, dass sie hereingekommen war. Seine Frau hatte also auch das Überraschungsmoment auf ihrer Seite. Sie packte ihn im Nacken und drückte seinen Kopf mit ganzer Kraft in den zähflüssigen Teig. Ihm blieb sofort die Luft weg. Joris bekam Panik, ruderte mit den Armen, wollte sich befreien. Aber Svea könnte auf seinen Rücken gesprungen sein. Sie wiegt vielleicht nur sechzig Kilo – aber wie sollte er sich von der Last befreien, wenn er ohnehin schon in gebückter Position stand und ihm außerdem buchstäblich die Puste ausging?«

Oltbeck nickte wohlwollend. Er verfügte über wenig Fantasie, konnte sich aber offenbar trotzdem mit Monas Darstellung anfreunden.

»Es wäre möglich, dass die Ereignisse sich wirklich so abgespielt haben, Frau Sander. Aber aus welchem Grund sind Thaler und Franka Bartels geflohen?«

Die Kommissarin zuckte mit den Schultern: »Darüber kann ich nur spekulieren. Vielleicht kam der Aushilfsbäcker in dem Moment von draußen herein, als seine Chefin gerade ihren Mann umbrachte. Thaler erkannte die Chance, Svea Krog zu erpressen und sie vielleicht sogar gefügig zu machen. Vergessen wir nicht die intimen Fotos, die er heimlich von ihr gemacht hat.«

»Apropos: Falls diese Annahme zutrifft – warum gibt es dann keine Bilder von dem Mord? Durch solche Aufnahmen hätte Thaler seine Angebetete wirklich in der Hand gehabt.«

Oltbecks Einwand war berechtigt, wie Mona zugeben musste.

»Wir wissen nicht, wie es um Thalers Geistesgegenwart bestellt ist«, sagte Enno, der bisher dem Wortwechsel zwischen Mona und Oltbeck schweigend zugehört hatte. Er fuhr fort: »Es wäre auch möglich, dass sein Akku leer war und er deshalb nicht fotografieren konnte. Oder er war einfach geschockt und hat reflexartig mit Flucht reagiert. Immerhin musste er mitansehen, wie die von ihm verehrte Svea ihren Ehemann tötet. Diese Situation lässt wohl niemanden kalt – erst recht nicht, wenn er Gefühle für die Mörderin hegt.«

Oltbeck hatte eine Idee: »Svea Krog könnte vermuten, dass sich Beweise für ihre Tat in der Umhängetasche befinden. Deshalb hat sie Frau Sander niedergeschlagen und ...«

Der Chef beendete seinen Satz nicht, denn nun riss Grietje die Tür auf – wie üblich, ohne vorher anzuklopfen.

»Dr. Siemers hat angerufen – Thaler ist wieder bei Bewusstsein!«, trompetete die sommersprossige Polizeimeisterin.

# Kapitel 10

»Vernehmen Sie den Verdächtigen umgehend«, schnarrte der Chef, nachdem er sich von Grietjes überfallartigem Auftauchen erholt hatte. »Wegen der Fotos von Sven Krog wird er sich auf jeden Fall verantworten müssen. Wenn er clever ist, dann wird er durch seine Aussage Ihre Ermittlung voranbringen!«

Diese Chance gefiel dem Chef so sehr, dass er sogar darauf verzichtete, die junge Polizistin wegen ihres Benehmens anzupfeifen. *Oder er hat sich damit abgefunden, dass Grietje sich niemals ändern wird,* dachte Mona. Sie und Enno verabschiedeten sich und eilten Richtung Krankenhaus.

»Wir müssen natürlich damit rechnen, dass Thaler uns anflunkert«, gab der Oberkommissar zu bedenken. »Der Verdächtige kann sich denken, dass wir die Fotos gesehen haben und wissen, dass er sich strafbar gemacht hat.«

Die Kommissarin lachte und kniff ihm spielerisch in die Wange: »Kein Ganove kann so ausgekocht sein, dass er von einem alten Hasen wie dir nicht durchschaut wird!«

Sie war übermütig, weil sie von Thaler entscheidende Hinweise auf die Täterschaft zu bekommen hoffte. Mona versuchte, sich in Svea Krog hineinzuversetzen – nicht zuletzt, weil sie neuerdings selbst Ehefrau war. Natürlich hatte sie das Thema Eifersucht sowohl beruflich als auch privat bereits beschäftigt, als sie noch Single war. Aber für sie fühlte sich ihr Verhältnis zu Jan anders an als vor der Heirat. Es war, als ob das unsichtbare Band zwischen ihnen sich schlagartig verstärkt hätte. Zumindest kam es Mona so vor. Hatte Svea ähnlich empfunden? War sie so abgrundtief enttäuscht von Joris gewesen, dass sie sein Leben hatte auslöschen wollen? Und dann kam der Kriminalistin eine Idee, die ihr überhaupt nicht gefiel.

»Ich war es!«

»Wie bitte?!«, hakte Enno nach. Ihr wurde bewusst, dass sie den Satz laut ausgesprochen hatte. Daraufhin teilte sie ihm mit, was ihr gerade durch den Kopf gegangen war und fügte hinzu: »Ich habe dir doch erzählt, dass Joris mich bei der Tortenbestellung angebaggert hat. - Nun stell dir vor, Svea hätte uns dabei gesehen. Bei ihr müssen sämtliche Sicherungen durchgebrannt sein. Sogar eine Frau, die in Bälde mit einem anderen Mann vor den Traualtar treten will, ist nicht vor ihrem lüsternen Gatten sicher.«

»Aber du hast Joris doch zurückgewiesen, Mona!«

»Richtig, das macht aber für Svea wahrscheinlich keinen Unterschied. Die Nächste hätte sich vielleicht mit ihm eingelassen. Aber es hat keine weitere Frau gegeben, die er bedrängt hat. Ich schätze, Joris' Annäherungsversuch mir gegenüber war der unmittelbare Anlass für den Mord.«

»Du machst dir doch jetzt hoffentlich keine Vorwürfe? Woher hättest du wissen sollen, dass der Bäcker bei dir sein Glück versuchen würde?«, stellte der Kriminalist energisch klar.

Sie erwiderte: »Ich fühle mich nicht verantwortlich, falls das deine Befürchtung ist. Es scheint so zu sein, dass Joris sozusagen ein Serien-Ehebrecher war. Deshalb versuche ich zu verstehen, warum Svea ihn ausgerechnet an meinem Hochzeitstag erstickt hat – war der Termin gewählt, um uns beide zu bestrafen? Joris, indem sie ihm das Leben nimmt und mich durch eine Mordermittlung am schönsten Tag meines Lebens.«

»Noch wissen wir nicht, ob die Ehefrau die Mörderin ist«, warnte Enno. Mona merkte selbst, wie sie sich immer stärker auf Svea einschoss. Und sie musste zugeben, nicht wirklich objektiv sein zu können. Falls die Verdächtige unschuldig war, dann ermittelten sie jetzt gegen eine trauernde Witwe. Aber wenn die andere Möglichkeit zutraf, wäre Svea eine perfide Mörderin. Und das Abwarten von Monas Hochzeitstag für die feige Tat sprach nicht für ein Handeln im Affekt. Während der Kommissarin diese Überlegungen durch den Kopf gingen, hatten sie das Krankenhaus erreicht. Dr. Siemers erwartete die Kommissare bereits.

»Sie dürfen mit dem Patienten sprechen, aber fassen Sie sich bitte möglichst kurz«, sagte er.

»Wir werden nur die nötigsten Fragen stellen«, versprach Enno. Wenig später betraten sie das Krankenzimmer. Thaler war immer noch blass, er hatte dunkle Ringe unter den Augen. Die Ermittler nahmen auf Stühlen links und rechts von seinem Krankenbett Platz. Nachdem Mona und Enno sich vorgestellt sowie den Verdächtigen über seine Rechte belehrt hatten, sagte die Kommissarin: »Es wäre am besten, wenn Sie uns die Ereignisse am 7. Mai aus Ihrer Sicht schildern.«

»Das kann ich gern tun«, erwiderte Thaler mit belegter Stimme, »aber allzu viel wird es Ihnen nicht nützen. Ich kann Ihnen nämlich nicht sagen, wer meinen Chef umgelegt hat – außer, dass ich es nicht gewesen bin.«

»Fangen wir doch einfach mit Ihrem Arbeitsbeginn an dem Tag an«, schlug Enno freundlich vor. Thaler sagte: »Meinetwegen … da ging der Ärger allerdings schon los. Ich hatte ein wenig verpennt, Krog hat mich gleich angemeckert, weil ich eine halbe Stunde zu spät kam.«

»Wie gelangten Sie zur Bäckerei?«, hakte Mona nach.

»Mit dem Fahrrad, mein Chef hat mir für die Saison eins geliehen. Um diese frühe Uhrzeit fährt noch kein Bus. Und ein Auto habe ich nicht. - Jedenfalls haben wir erst mal Brötchen gebacken, so wie jeden Morgen. Gegen acht Uhr ist mir dann ein Missgeschick passiert. Ich sollte Zuckerguss für Gebäck vorbereiten, und der Messeimer ist mir aus der Hand geglitten. Ich hatte mich sozusagen selbst glasiert, meine Hose und mein T-Shirt waren klatschnass – und der Rest ist auf dem Boden gelandet. Krog war stinksauer und blökte mich an. Erst musste ich den Zuckerguss aufwischen. Dann verlangte er von mir, zu meiner Unterkunft zu fahren und mich umzuziehen. ‚Du bist eine Schande für das Bäckerhandwerk‘, sagte er zu mir. Ich schaltete meine Ohren auf Durchzug. Eigentlich war es mir sogar ganz recht, eine Zeitlang aus der Schusslinie zu sein. Deshalb hab ich mir mit der Rückkehr Zeit gelassen. Als ich wieder in die Backstube kam, war der Chef tot. Jemand muss ihn während meiner Abwesenheit umgebracht haben. Mir blieb nichts anderes übrig, als sofort abzuhauen.«

»Hat sich das wirklich so zugetragen? Ist Ihnen nicht noch etwas entfallen?«

Monas Einwurf irritierte Thaler. Dann fügte er zögernd hinzu: »Na ja … ich hab meiner Freundin Franka eine Textnachricht geschrieben: ‚Hau ab, jemand hat den Chef umgebracht. Wir treffen uns am üblichen Ort‘.«

»Warum haben Sie das getan?«, wollte Enno wissen. »Wenn Sie und Franka Bartels nichts mit dem Mord zu tun hatten, mussten Sie von der Justiz nichts befürchten.«

»Soll das ein Witz sein, Herr Moll? Meine Freundin und ich sind keine Unschuldsengel, wir haben unsere Erfahrungen gemacht.

Wenn an meinem Arbeitsplatz jemand abgemurkst wird, hätten die Bul..., äh, die Polizei mich doch als Ersten in Verdacht gehabt.«

Die Ermittler gingen auf diese Behauptung nicht ein. Stattdessen fragte Mona: »Was geschah als Nächstes?«

»Das müssen Sie den Mistkerl fragen, der mir den Schädel zertrümmert hat! Ich fuhr zum Waldlehrpfad, da haben Franka und ich uns schon öfter verabredet gehabt. Wenn man den ganzen Tag in der heißen Backstube oder in dem muffigen Verkaufsraum steht, will man in die freie Natur hinaus. Bevor Franka dort erschien, wurde ich jedenfalls niedergeschlagen. Ich bin erst hier im Krankenhaus wieder zu mir gekommen.«

»Ich will Ihnen glauben, dass Sie mit Joris Krogs Ermordung nichts zu tun haben«, stellte die Kommissarin klar, »aber damit das geschieht, müssen Sie Ihre Gedächtnislücken noch füllen.«

»Was meinen Sie denn damit, Frau Sander?«

»Sie haben vergessen, das Diamanten-Collier zu erwähnen. Sie wissen schon – das Schmuckstück, das auf wundersame Weise in meine Hochzeitstorte gelangt ist!«, sagte Mona und schaute dem Verdächtigen so lange in die Augen, bis er seinen Blick senkte. Und Enno fügte hinzu: »Franka Bartels hat den Diebstahl dieser Preziose bereits gestanden. Da Ihre Freundin vorne in der Bäckerei bedient hat, fragen wir uns, wer das Schmuckstück in die Torte geschoben hat.«

Thaler schien zu begreifen, dass er sich nicht herauswinden konnte. Stockend fuhr er fort: »Ich wollte ein Foto von dem Collier machen, sozusagen als Erinnerung. Franka hatte mich nämlich gebeten, dass ich das Schmuckstück in Ihrer Wohnung verstecken sollte. Aber plötzlich kam der Chef herein. Ich hatte gedacht, dass er noch vorn im Verkaufsraum wäre. Also drückte ich das Collier oben in die Buttercreme, weil ich gerade dabei war, den Marzipanleuchtturm auf der Torte zu befestigen. Ich wollte es später wieder herausholen, wenn sich eine Gelegenheit ergab.«

»Daraus ist ja nun nichts geworden«, stellte Mona fest. »Hätten Sie das Diebesgut nicht besser woanders verstecken können?«

»Was meinen Sie, Frau Sander?«

»Ich spreche von Ihrer Umhängetasche, die Sie aus der Backstube mitgenommen und unter der Ruhebank am Waldlehrpfad verscharrt haben. An Ihrer Stelle hätte ich das Collier dort hineingetan. - Was war denn so Wertvolles darin? Ihre Pausenstulle wird es wohl nicht gewesen sein.«

Thaler presste die Lippen aufeinander. Offenbar hatte er nicht damit gerechnet, dass die Polizei auf seine Tasche aufmerksam geworden war. Während er sich in Schweigen hüllte, sagte Mona: »Sie müssen meine Frage natürlich nicht beantworten. Aber wenn Sie den Geheimnisvollen spielen, dann wird der Mordverdacht gegen Sie sich nur schwer beseitigen lassen. Sie hatten immerhin Motiv und Gelegenheit für die Tat – Sie waren mit dem Opfer in der Backstube allein. Und dass es Streit zwischen Joris Krog und Ihnen gab, haben Sie selbst zugegeben.«

Thaler seufzte und erwiderte: »Also gut – ich gestehe. Mit dem Tod meines Chefs hab ich wirklich nichts zu tun. Aber ich hab seinem Vater diese goldene Medaille geklaut und in meiner Tasche aufbewahrt.«

Die Kommissare horchten auf.

»Das müssen Sie uns näher erklären«, forderte Enno. Er schien genau zu wissen, von was für einem Wertgegenstand die Rede war. Zumindest kam es seiner Kollegin so vor.

»Als der Alte vor ein paar Tagen beim Arzt war und ich Feierabend hatte, hab ich mich in den Wohnräumen umgesehen«, gestand Thaler. Er fuhr fort: »Die Gelegenheit war einfach zu günstig, weil auch der Chef und die Chefin weggegangen waren. Die Tür ließ sich leicht mit einem Nachschlüssel öffnen. Ich bemühte mich, keine Spuren zu hinterlassen. Und diese Medaille hab ich im Wohnzimmerschrank versteckt gefunden. Sie lag in einer mit Samt ausgeschlagenen Schatulle. Glauben Sie wirklich, dass die Krogs den Verlust bemerkt haben? Es sah mir nicht so aus, als ob sie sich das Ding jeden Tag anschauen.«

»Können Sie den Gegenstand genauer beschreiben?«, fragte Mona.

»Vorn auf der Medaille sieht man ein Schiff mit zerrissenen Segeln, außerdem in altdeutscher Schrift die Worte ‚Unserem Lebensretter‘. Und auf die Rückseite ist ein Wappen geprägt.«

»Ich weiß, wovon die Rede ist«, stellte Enno klar und fügte hinzu: »Fahren Sie fort.«

»Die Medaille hat einen Materialwert von mindestens fünftausend Euro«, behauptete Thaler. »Da konnte ich einfach nicht widerstehen. Außerdem – wie hätten die Krogs merken sollen, dass ich lange Finger gemacht habe? Die Schatulle befand sich im Wohnzimmerschrank, noch hinter dem Tafelsilber. Ich wollte die Medaille an meinem nächsten freien Tag aufs Festland bringen und dort bei einem Goldhändler verscherbeln.«

An dieser Aussage zweifelte die Kommissarin nicht. Bei einer Preziose mit der Aufschrift *Unserem Lebensretter* vermutete sie, dass diese Medaille für die Bäckerfamilie einen hohen ideellen Wert hatte. Sie wollte später mit Enno über diesen Punkt sprechen. Immerhin wurde nun deutlicher, warum Alfred Krog Thaler nicht nur niedergeschlagen, sondern auch seine Taschen durchwühlt hatte. Und Mona vermutete, dass auch die Attacke auf sie selbst dem alten Herrn zu ‚verdanken‘ war. Ihr fiel noch ein anderes Detail auf: »Wie sind Sie eigentlich von der Ankerstraße bis zum Waldlehrpfad gelangt?«

»Ich bin mit dem Bus bis zur Station Ostfriesenstraße/Bantjedünen gefahren und den Rest der Strecke gelaufen. Es erschien mir zu riskant, das Fahrrad zu nehmen, weil es orangefarben lackiert ist. Ziemlich auffällig, oder?«

Mona antwortete nicht auf seine Frage, sondern kam auf einen anderen Punkt zu sprechen: »Ist Ihnen bewusst, dass Sie sich auch strafbar machen, indem Sie den Mörder oder die Mörderin decken?«

»Warum sollte ich das tun? Ich halte für niemanden den Kopf hin!«

Die Kommissarin fauchte: »Ach, wirklich? Wir haben die Fotos gesehen, die Sie heimlich von Ihrer Chefin gemacht haben. Ganz abgesehen davon, dass dies auch schon ein Gesetzesverstoß ist – vielleicht wurden Sie ja bei Ihrer Rückkehr in die Backstube Zeuge, als Svea Krog ihren Mann getötet hat. Sie erkannten sofort die Chance, Ihren Schwarm unter Druck zu setzen. Aber erst einmal mussten sie von der Bildfläche verschwinden, um die Medaille in Sicherheit zu bringen. Dass Sie ausgeknockt werden würden, konnten Sie ja nicht ahnen.«

Die Erwähnung der Bilder hatte Thaler die Schamröte ins Gesicht getrieben, worüber Mona sich wunderte. Sie hatte ihn für abgebrühter gehalten. Es dauerte einen Moment, bis er die Sprache wiederfand: »Ich lüge nicht – als ich die Leiche entdeckte, war kein lebendiger Mensch in der Backstube. Und ob seine Frau ihn umgebracht hat oder nicht – wer weiß das schon? Aber ich bin jedenfalls nicht der Einzige, der nachts um das Haus herumgeschlichen ist!«

»Wie meinen Sie das?«, fragte die Ermittlerin.

»Da war ein anderer Kerl, der nach Einbruch der Dunkelheit an der Ankerstraße gelauert hat. Als er mich bemerkte, ist er abgehauen. - Wenn Sie Ihre Arbeit richtig machen würden, hätten Sie den wahren Mörder schon längst einbuchten können«, behauptete Thaler. »Stattdessen verdächtigen Sie Svea und mich!«

Mona runzelte die Stirn. Was sollte sie von dieser Aussage des Verdächtigen halten? War es einfach nur dummdreist von ihm, einen Unbekannten aus dem Hut zu zaubern? Oder entsprach seine Beobachtung tatsächlich der Wahrheit? Immerhin hatte Joris Krog offenbar mit mehreren Frauen angebandelt. Es war also vorstellbar, dass ein Ehemann oder Freund ein ernstes Wort mit dem umtriebigen Bäcker hatte reden wollen.

»Können Sie die Person genauer beschreiben?«, wollte Enno wissen.

»Nee, leider nicht. Er ist ungefähr so groß wie ich und trug dunkle Klamotten. Wie gesagt, er wollte nicht gesehen werden und haute Richtung Deichstraße ab.«

»Ich glaube Ihnen kein Wort!«, platzte Mona heraus. Thaler hob die Schultern: »Das ist Ihr Problem. - Und jetzt will ich mich ausruhen, das Verhör hat mich angestrengt.«

# Kapitel 11

Nachdem die Ermittler das Krankenhaus verlassen hatten, beruhigte die Kommissarin sich ein wenig: »Hand aufs Herz, Enno – was hältst du von dem plötzlichen Auftauchen des ‚Großen Unbekannten?'«

»Ich halte Thaler nicht für so dumm, uns eine völlig unrealistische Geschichte aufzutischen. Wenn er uns auf eine falsche Fährte locken wollte – warum hat er diese verdächtige Person nicht genauer beschrieben, um seine Aussage plausibler erscheinen zu lassen? Wir haben es oft genug mit Lügnern zu tun, die ihre Behauptungen detailliert ausschmücken – gerade *weil* Thalers Worte so vage geblieben sind, halte sich sie für glaubwürdig.«

Während die beiden miteinander sprachen, gingen sie zur Wache zurück.

»Ich werde jedenfalls keine Fahndung nach einer Person unbekannten Alters und Aussehens in dunkler Kleidung veranlassen«, stellte die Kriminalistin klar. Sie fügte hinzu: »Erzähle mir bitte von dieser Medaille. Es kam mir so vor, als ob du über das Diebesgut genau Bescheid wüsstest.«

»Ja, hier auf Borkum ist die Geschichte kein Geheimnis, ich habe sie schon als Junge von meinem Vater gehört«, sagte der Oberkommissar und begann: »Als der letzte Kaiser Deutschland regierte, war unsere Insel ja bereits ein beliebtes Seebad. Die Hotels an der Jann-Berghaus-Straße, die teilweise heute noch stehen, sind während dieser Zeit errichtet worden. Der Adel und das Großbürgertum verbrachten dort die Sommerferien. Allerdings lebten noch viele Borkumer vom Fischfang, auch Menno Krog gehörte zu ihnen.«

»Das war vermutlich ein Vorfahr der Bäckerfamilie?«

»So ist es, Mona. - Jedenfalls schlug an einem Herbstabend das Wetter um, was für uns Einheimische ja nichts Ungewöhnliches ist. Ein Sturm zog auf, und das Segelboot eines Adelssprosses geriet in Seenot. Damals gab es schon die Deutsche Gesellschaft zur Rettung Schiffbrüchiger, aber die Kameraden waren mit der Bergung eines leckgeschlagenen Frachtseglers beschäftigt. Also stach Menno Krog mit seinem Fischkutter in See. Trotz der Lebensgefahr für ihn und seinen Helfer gelang es ihnen, den jungen Edelmann sicher an Land zu bringen. Seine Majestät der Kaiser erfuhr von der dramatischen Aktion. Und da der Gerettete um mehrere Ecken mit dem Herrscherhaus verwandt war, ließ Wilhelm der Zweite eine goldene Gedenkmedaille prägen – die er Menno Krog höchstpersönlich verlieh.«

»Das muss für den Fischer eine große Ehre gewesen sein«, meinte die Kommissarin. »Damals hatte man ja noch einen ungeheuren Respekt vor gekrönten Häuptern.«

»Während du heutzutage noch nicht einmal gegenüber unserem Dienststellenleiter eine gewisse Ehrerbietung aufbringst«, erwiderte Enno augenzwinkernd und fuhr fort: »Warum die Familie sich von der Fischerei abwandte, und die Bäckerei gründete, kann ich dir nicht sagen. Davon hat mein Vater nie gesprochen. Fest steht, dass die Krogs seitdem diese Medaille wie ihren Augapfel hüten.«

»Und trotzdem bewahren sie den Wertgegenstand im Wohnzimmerschrank auf«, stellte die Ermittlerin nüchtern fest. Sie fügte hinzu: »Es ist ja schön, wenn die Insulaner sich auf die niedrige Borkumer Verbrechensrate verlassen. Aber aus irgendeinem Grund muss Alfred Krog festgestellt haben, dass die Medaille fehlt. Vielleicht ist Thaler beim Eindringen in die Privaträume seines Arbeitgebers doch nicht so umsichtig vorgegangen, wie er selbst glaubt. Ich verstehe nicht, warum der alte Bäcker nicht die Polizei verständigt hat, sondern das Recht in die eigene Hand genommen hat.«

»Die Frage stellst du ihm am besten selbst«, sagte der Oberkommissar. »Ich gehe davon aus, dass wir ihm jetzt auf die Bude rücken.«

»Darauf kannst du wetten!«, gab sie grimmig zurück. Alfred Krog war nach dem Angriff auf Thaler nicht in Untersuchungshaft genommen worden, weil er einen festen Wohnsitz hatte und nicht vorbestraft war. Wenn sich jetzt allerdings herausstellte, dass er auch Mona attackiert hatte, sah die Sache schon anders aus. Dann würde der alte Bäcker sich gleich für zwei Straftaten vor Gericht verantworten müssen. Und es war nicht ausgeschlossen, dass er bis zum Prozess hinter Gittern bleiben würde. Die Ermittler schauten kurz im Büro vorbei, aber Obduktionsergebnisse lagen noch nicht vor. Sie machten sich auf den Weg zur Ankerstraße. Enno warf seiner Kollegin einen prüfenden Blick zu: »Ist bei dir alles in Ordnung? Alfred Krog steckt ja immerhin mit der Frau unter einer Decke, die deine berufliche Existenz vernichten wollte.«

»Befürchtest du, dass ich ausraste und Stine Brunkhorsts Komplizen eine Steilvorlage liefere? Keine Sorge, Enno – natürlich bin ich sauer, weil der alte Knabe mir eine Kopfnuss verpasst hat. Aber ich werde ihm garantiert keinen Grund liefern, um gegen mich juristisch vorgehen zu können.«

Mona war sich darüber im Klaren, wie sehr sie sich in der Vergangenheit durch ihre ungezügelten Temperamentsausbrüche selbst geschadet hatte. Umso wichtiger war es ihr, ihre Emotionen diesmal im Griff zu behalten. Außer Alfred Krogs Befragung stand der Kommissarin ein neuerliches Treffen mit Svea bevor. Sie hielt es durchaus für denkbar, dass Thaler die Ehefrau des Mordopfers wegen seiner Gefühle für sie deckte. Falls der Ganove wirklich ein Augenzeuge war und einfach nur zu ihren Gunsten schwieg – wie sollten die Ermittler diese Frau dann überführen? Ohne ein Geständnis erschien dies so gut wie aussichtslos. Mona ermahnte sich selbst, nicht in Schwarzmalerei zu verfallen. Nachdem sie geklingelt hatten, wurden sie erneut von Svea Krog empfangen.

»Ist die Leiche jetzt freigegeben?«, fragte sie zur Begrüßung. Ihre Miene war ausdruckslos; sie hätte sich ebenso danach erkundigen können, ob für den nächsten Tag Regen angesagt war.

»Das wird noch etwas dauern«, entgegnete Mona. »Wir müssen zunächst mit deinem Schwiegervater und später mit dir sprechen.«

»Kein Problem, ich bin gerade damit beschäftigt, telefonisch einen neuen Bäcker anzuheuern. - Kommt einfach zu mir in die Küche, wenn ihr etwas von mir wissen wollte. Alfred befindet sich im Wohnzimmer, er ordnet seine Briefmarkensammlung. Den Weg kennt ihr ja.«

Als die Ermittler an der offen stehenden Küchentür vorbeigingen, sahen sie einen aufgeschlagenen Aktenordner auf dem Tisch liegen, daneben einen Notizblock und einen Kugelschreiber. Svea schien die Wahrheit gesagt zu haben, was ihre Aktivität anging. Sie schien nach dem Verlust ihres Mannes entschlossen zu sein, die Bäckerei nicht vor die Hunde gehen zu lassen. Sprach dieser Umstand für oder gegen ihre Täterschaft? Die Kommissarin stellte die Frage für den Moment zurück und betrat wenig später mit Enno das Wohnzimmer. Alfred Krog hatte sich eine Juwelierlupe vor das rechte Auge geklemmt. Er blickte von seinem Briefmarkenalbum auf.

»Was wollt ihr denn schon wieder?«, fragte er unfreundlich.

»Wir möchten gern einen Blick auf Ihr Tafelsilber werfen«, erwiderte Mona höflich, während sie sich Latexhandschuhe überzog. Einen Moment lang flackerte Furcht im Blick des alten Bäckers auf, dann schüttelte er den Kopf: »Was soll das bringen?«

»Meine Kollegin hat eine Bitte geäußert – und ich finde, dass du ihr nachkommen solltest«, sagte Enno mit Nachdruck. Ob der alte Bäcker gehofft hatte, von dem Oberkommissar Unterstützung zu bekommen? Jetzt musste er jedenfalls erkennen, dass die beiden Ermittler an einem Strang zogen. Und dies gefiel ihm überhaupt nicht, wie man unschwer erkennen konnte.

»Wenn es unbedingt sein muss ...«, grummelte Alfred Krog, bevor er sich schwerfällig aus seinem Sessel erhob und zu der Schrankwand hinüberging. Dort öffnete er ein Fach. Das Tafelsilber war in samtenen Stoff eingeschlagen. Mona trat neben ihn und griff hinter das wertvolle Metallbesteck. Triumphierend zog sie die Schatulle hervor, in der sich die Medaille befand: »Nachdem der Dieb gestanden hat, wo er seine Beute entdeckte, ist sie wundersamerweise wieder an ihren Aufbewahrungsort zurückgekehrt. Und bevor dies geschah, habe ich mir eine Beule am Hinterkopf zugezogen.«

Alfred Krog erblasste. Er starrte die Kommissarin an, als ob er einen Geist sehen würde: »Ich weiß nicht, was das Gequatsche soll!«

Enno redete ihm ins Gewissen: »Alfred, du sitzt tief in der Tinte. Du hast eine Polizeibeamtin angegriffen, das wissen wir. Du kannst deine Lage nur noch verbessern, indem du ein Geständnis ablegst.«

Darauf erwiderte der alte Bäcker zunächst nichts. Er atmete mehrmals tief durch und sagte: »Ihr versteht das nicht ... diese Medaille ist ein Familienerbstück, ich musste sie unbedingt zurückbekommen!«

»Ich hatte nicht vor, sie für mich zu behalten«, stellte die Kommissarin klar. Alfred Krog wand sich wie ein Aal: »Es tut mir ja auch leid, dass ich dich niedergeschlagen habe. In dem Moment, als ich dich mit der Tasche sah, habe ich dich nicht erkannt.«

Diese Behauptung klang nach einer faulen Ausrede. Aber immerhin hatte der Verdächtige die Tat jetzt gestanden, was Mona als einen Fortschritt betrachtete. Sie fragte: »Wie kam es dazu, dass Sie mich k. o. geschlagen und mir die Umhängetasche abgenommen haben?«

Nachdem er sich zu seiner Schuld bekannt hatte, kamen dem alten Bäcker die Worte bereitwilliger über die Lippen: »Es war mir von Anfang an nicht recht, dass Joris diesen Verbrecher eingestellt hat. Mein Sohn meinte zwar, dass man auch solchen Leuten eine Chance geben muss – aber das sehe ich anders. Und meine Menschenkenntnis hat mich nicht getäuscht. Seit Thaler für uns arbeitet, habe ich unsere Wertsachen mit Argusaugen bewacht. Und meine Befürchtungen bestätigten sich – als die Medaille fort war, wusste ich genau, wer der Täter ist.«

»Du hättest dich mit deinem Verdacht an die Polizei wenden können«, gab Enno zu bedenken.

Alfred Krogs Gesichtszüge verhärteten sich: »Das hätte ich vielleicht sogar getan. Aber als ich von meiner Schwiegertochter erfuhr, dass mein Sohn getötet wurde, sah ich rot. Du kennst mich – eigentlich bin ich nicht so leicht aus der Ruhe zu bringen. Erst klaut Thaler unsere Medaille, dann bringt er auch noch Joris um … ich wollte mich rächen.«

Mona fragte: »Woher wussten Sie, dass Sie im Naturschutzgebiet nach Thaler suchen mussten? Es ist ja ziemlich weitläufig.«

»Ich wusste, dass Thaler und unsere Verkaufsaushilfe miteinander turteln. Und ich hab sie zufällig belauscht, als sie nach Feierband zum Waldlehrpfad wollten. Da dachte ich mir, dass er die Gegend mag, obwohl er nicht wie ein Naturbursche wirkt. Einen Versuch war es wert. Und ich habe mich nicht getäuscht.«

*Oder hast du den beiden hinterherspioniert?*, dachte die Kriminalistin. Aber sie sprach ihre Vermutung nicht aus. Bevor sie nachhaken konnte, redete der alte Bäcker schon weiter: »Ich musste Thaler überrumpeln, weil er jünger und stärker ist als ich. Im Kampf Mann gegen Mann hätte ich gegen ihn keine Chance gehabt. Und was wäre gewonnen gewesen, wenn ich auch noch ins Gras beiße? Es ist schlimm genug, dass Joris nicht mehr lebt. Ich wollte wenigstens die Medaille für die Familie zurückbekommen. Aber Thaler hatte sie nicht in den Hosentaschen. Und von seiner Umhängetasche war weit und breit nichts zu sehen. Bevor ich danach suchen konnte, wurde ich von euren Kollegen überwältigt.«

Diese Aussage stimmte mit den bisher bekannten Fakten überein. Die Kommissarin wechselte nun das Thema: »Erzählen Sie mir von Stine Brunkhorst.«

»Den Namen habe ich noch nie gehört«, stammelte er. Enno schüttelte missbilligend den Kopf: »Du bist ein schlechter Lügner, Alfred. Gerade eben bist du bei der Wahrheit geblieben, das habe ich gemerkt. Und jetzt willst du uns so ein Märchen auftischen? Ich kann mich noch gut daran erinnern, dass du und Stine ein Paar wart – bevor sie auf dem Festland einen Unternehmer geheiratet hat. Wie heißt es doch so schön? ‚Alte Liebe rostet nicht'.«

Alfred Krog erwiderte seufzend: »Also gut, Stine und ich waren vor einer halben Ewigkeit ein Paar. - Aber was hat das mit dem Mord an meinem Sohn zu tun?«

Die Ermittler gingen auf seine Frage nicht ein. Stattdessen sagte Mona: »Ich stelle es mir folgendermaßen vor: Sie hatten im vorigen Jahr mitbekommen, dass Stine Brunkhorst wegen Anstiftung zum Mord an ihrem Ehemann zu einer Haftstrafe verurteilt wurde. Ob Sie mit Ihrer ehemaligen Freundin Kontakt aufnahmen oder Stine Sie vom Gefängnis aus anschrieb, weiß ich nicht. Es spielt eigentlich auch keine Rolle, von welcher Seite die Kontaktaufnahme erfolgte. Jedenfalls gibt es eine Verbindung zwischen Ihnen und dieser Frau. Irgendwann wird Stine begonnen haben, sich nach mir und meinen Lebensumständen zu erkundigen.«

Der alte Bäcker wollte etwas sagen, aber die Kommissarin redete einfach weiter: »Sie haben ja vorhin selbst zugegeben, dass Sie über die kriminelle Vergangenheit des Aushilfsbäckers Bescheid wissen. Vielleicht war Ihnen auch bekannt, dass Franka Bartels ebenfalls vorbestraft ist. Auf jeden Fall eigneten sich die beiden bestens, um mir geklauten Schmuck unterzuschieben. Und damit meine ich nicht die Medaille, sondern das Diamanten-Collier.«

Während des Gesprächs mit den Kommissaren hatte der alte Bäcker sich wieder in seinen Sessel fallengelassen. Er schien immer mehr in sich zusammenzusinken.

»Ihr versteht das nicht ...«, murmelte er mit brüchiger Stimme.

»Dann erklären Sie es uns!«, forderte Mona.

»Stine fühlte sich zu Unrecht verfolgt«, begann er und fuhr fort: »Schließlich war nicht sie es, die ihren Ehemann getötet hat. Stine glaubt, dass du es persönlich auf sie abgesehen hattest und sie deshalb in die Pfanne hauen wolltest. Die Sache mit dem Schmuck war dafür gedacht, dich von deinem hohen Ross herunterzuholen.«

Die Kommissarin fand es erstaunlich, dass sie offenbar von anderen Personen als überheblich und selbstherrlich wahrgenommen wurde. So sah sie sich selbst überhaupt nicht. Aber wer hatte schon Einfluss darauf, wie er auf seine Umgebung wirkte?

»Hast du Stine Brunkhorst über Monas Hochzeit informiert?«, wollte Enno wissen.

»Das ist ja nun wirklich kein Geheimnis, halb Borkum wusste darüber Bescheid«, verteidigte sich Alfred Krog. »Es sollte ja nur ein kleiner Denkzettel für deine Kollegin sein. Dass mein Sohn die Hochzeitstorte backen sollte, konnte Stine unmöglich voraussehen.«

»Ich war ebenfalls an den Ermittlungen gegen deine Ex-Freundin beteiligt«, erklärte der Oberkommissar. »Sollte ich ebenfalls einen ,Denkzettel' bekommen?«

Darauf erwiderte der alte Bäcker nichts. Nach Monas Ansicht hegte die Straftäterin einen persönlichen Groll gegen sie. Dieser Fall war nun ziemlich klar. Allerdings konnte die Kriminalistin keinen Zusammenhang mit dem Mord an Joris Krog erkennen. *Wahrscheinlich, weil es ihn einfach nicht gibt,* dachte sie. Der alte Bäcker hätte für seine Ex-Geliebte gewiss einiges getan – aber ganz gewiss nicht seinen eigenen Sohn getötet.

»Haben Sie sich wirklich nur für ein paar freundliche Worte von Stine Brunkhorst einwickeln lassen?«, fragte sie und gab die Antwort gleich selbst: »Nein, natürlich nicht. Wie dumm von mir – wie man hört, läuft es mit den Backgeschäften nicht besonders gut. Sie können eine Finanzspritze gut vertragen. Und Stine hat Ihnen nicht nur amouröse Hoffnungen gemacht, sondern Sie auch mit Geld geködert. War es nicht so?«

Alfred Krogs missmutiger Blick bewies ihr, dass sie den Nagel auf den Kopf getroffen hatte.

»Gab es Streitigkeiten zwischen dir und deinem Sohn?«, wollte Enno wissen. Der alte Bäcker schüttelte den Kopf.

»Das war nichts Schwerwiegendes, nur Kleinkram. Natürlich fand ich es nicht gut, dass Joris so viel Zeit mit fremden Weibern verbracht hat, anstatt in der Backstube zu stehen. Aber wer bin ich schon, dass ich mir ein Urteil über ihn erlauben dürfte? Als ich in seinem Alter war, ließ ich auch nichts anbrennen ...«

Mona kamen diese Beteuerungen glaubhaft vor. Auf jeden Fall wären Lügen bei ihm schnell zu durchschauen gewesen. Sie neigte dazu, Alfred Krog als Mordverdächtigen auszuschließen. Er hatte eine Gefängnisstrafe riskiert, um die Medaille aus dem Familienbesitz wieder in die Finger zu bekommen. Wenn ihm schon ein seelenloser Gegenstand so viel bedeutete – würde er dann wirklich seinen eigenen Sohn brutal im Teig ersticken? Dafür hätte es schon ein sehr überzeugendes Motiv geben müssen – und der Kommissarin fiel wirklich keines ein. Sie warf Enno einen fragenden Blick zu. Er sagte: »Ich nehme dich jetzt fest, weil du unter dringendem Verdacht stehst, eine Polizistin im Dienst tätlich angegriffen zu haben. Du musst dich nicht selbst belasten, kannst die Aussage verweigern und einen Rechtsanwalt hinzuziehen. - Mona, du kommst du hier klar? Ich gehe mit Alfred runter und fordere ein Fahrzeug an.«

Damit war die Kriminalistin einverstanden. Natürlich bekam Svea mit, dass der Oberkommissar mit ihrem Schwiegervater verschwand. Sie fiel aus allen Wolken: »Was ist denn hier los?!«

»Mona wird dir alles erklären.«

Mit diesen Worten verließ Enno das Haus, wobei er den alten Bäcker vor sich herschob. Sveas Blick flatterte: »Alfred … hat er etwa seinen eigenen Sohn …?«

Ihre Aufregung wirkte authentisch. Die Kommissarin verneinte: »Es gibt aktuell keinen Mordverdacht gegen deinen Schwiegervater. Er muss sich wegen eines anderen Delikts verantworten.«

Und sie berichtete, was dem alten Bäcker zur Last gelegt wurde. Während sie redete, dachte Mona über den ,großen Unbekannten' nach, den Thaler nachts vor dem Haus gesehen haben wollte. Wenn diese Person nun tatsächlich existierte – und es vielleicht eine Verbindung zu Svea Krog gab?!

Die Witwe atmete tief durch und murmelte: »Ich sollte erleichtert darüber sein, dass ihr Alfred nicht für einen Mörder haltet. - Es tut mir echt leid, dass er dich geschlagen hat, Mona. Ich will meinen Schwiegervater keinesfalls verteidigen, aber wenn es um diese Rettungsmedaille geht, dann setzt bei ihm das Denken aus. Er ist so ungeheuer stolz auf diese Ehrung seiner Familie durch den Kaiser – so, als ob ihm selbst die Medaille verliehen worden wäre.«

Während die beiden Frauen miteinander sprachen, waren sie in die Küche gegangen. Svea hatte Mona und sich selbst ungefragt Tee gekocht. Die Kommissarin tat ein Kluntje in die Tasse, goss die heiße Assam-Mischung darüber und sagte: »Wir haben einen Hinweis auf eine unbekannte Person bekommen, die sich nachts auf der Ankerstraße in der Nähe der Bäckerei aufhielt. - Kann es sein, dass du unbewusst den Mörder deckst, weil du dir nicht vorstellen kannst, dass er zu einer solchen Tat fähig wäre?«

Die Witwe wirkte irritiert.

»Ich weiß nicht, von wem du sprichst, Mona!«

»Dann muss ich deutlicher werden. Du hast mir selbst anvertraut, dass du von den Seitensprüngen deines Mannes wusstest, Du hast ihn sogar mit mir erwischt, obwohl ich seine Annäherungsversuche zurückgewiesen habe. Es wäre also nur konsequent, wenn du es ihm mit gleicher Münze heimgezahlt hättest.«

Svea Krog riss die Augen weit auf: »Du glaubst im Ernst, ich hätte einen Geliebten, der meinen Mann umgebracht hat?«

»Als Mordermittlerin muss ich alle Möglichkeiten durchgehen, ob sie nun zutreffen könnten oder nicht. Auch du selbst bist verdächtig, wie du dir wahrscheinlich schon gedacht hast. Du hast kein Alibi für die gesamte Zeit, während der sich das Mordgeschehen ereignet hat. Du hättest Joris ersticken können, während Thaler daheim seine Klamotten wechselte und Franka im Laden die Kunden bediente.«

»Ja, wahrscheinlich hätte ich das wirklich tun können«, entgegnete Svea Krog sichtlich erschüttert, »aber ich bin es nicht gewesen, ich habe Joris geliebt! Durch mein Wissen um die Untreue meines Mannes muss ich verdächtig erscheinen, das verstehe ich. Aber warum hätte ich dir gegenüber so offenherzig sein sollen? Dadurch muss ich doch noch viel stärker als die Täterin erscheinen.«

*Damit liegt sie zweifellos richtig,* dachte Mona. Vom Gefühl her war die Kriminalistin sicher, nicht die Mörderin vor sich zu haben – obwohl es keinen objektiven Beweis für Svea Krogs Unschuld gab. Und sie konnte den Täter kennen, ohne sich bewusst der Komplizenschaft schuldig gemacht zu haben.

»Ich will dir gar nicht unterstellen, dass du ebenfalls fremdgehst«, machte Mona deutlich und fuhr fort: »Es ist noch eine andere Variante denkbar. Stell dir vor, du hast einen heimlichen Verehrer.

Jemand, der sich nicht zu erkennen gibt – so wie Thaler. Mit dem Unterschied, dass wir bei dem Aushilfsbäcker anhand der Fotos beweisen können, wie besessen er von dir ist.«

»Du meinst, dieser Unbekannte könnte Joris auf dem Gewissen haben?«

»Bis jetzt gibt es nur einen Zeugen, der die Person gesehen hat«, erklärte Mona, »aber wir müssen damit rechnen, dass er das Haus weiterhin im Auge behält – besonders jetzt, wo du praktisch allein hier bist. Er könnte mitbekommen haben, dass dein Schwiegervater festgenommen wurde. Ich werde meinen Chef darum bitten, dir für die Nacht Polizeischutz zu gewähren.«

Die Kommissarin konnte sich Oltbecks Reaktion lebhaft vorstellen. Dass er eine solche Maßnahme genehmigte, erschien unter den aktuellen Umständen eher zweifelhaft. Vor allem, weil er selbst Svea Krog vermutlich für die Schuldige hielt. Motiv und Gelegenheit – mehr benötigte der Hauptkommissar nicht, um einen Verdacht zu bekommen. Daher wusste Mona im Grunde genau, dass der Polizeischutz nur aus einer Person bestehen würde, nämlich aus ihr. Und sie musste dies in ihrer Freizeit tun, weil ihr Vorgesetzter ihr dafür garantiert keine Überstunden genehmigte.

»Fällt dir außer Thaler niemand ein, der für dich schwärmt? Als Frau merkt man so etwas doch!«

»Ich überlege schon, Mona … ja, vielleicht gibt es da wirklich jemanden. Da war ein junger Mann, der während der vergangenen zwei Wochen an jedem Morgen Brötchen geholt hat. Er schaute mir immer tief in die Augen, ist aber niemals frech geworden. Borkum ist nun mal eine Urlaubsinsel, da flirten viele Touristen gern. Und ich trage meinen Ehering gut sichtbar und habe diese Person stets nur als einen Kunden betrachtet.«

Die Kommissarin wurde hellhörig und zog ihren Notizblock hervor.

»Kannst du mir die Person genauer beschreiben, Svea?«

Die Witwe legte nachdenklich den Zeigefinger an ihre Lippen. Sie antwortete: »Ich schätze den Mann auf Mitte zwanzig, schlank und ungefähr eins achtzig groß. Er trug meist Bermudashorts, manchmal auch Jeans – außerdem ein T-Shirt oder ein Polohemd. Und er hatte immer nur Badeschlappen an, keine Socken. Er hat keinen Vollbart, an manchen Tagen war er allerdings unrasiert. Sein Haar ist dunkelblond, leicht gelockt und halblang.«

»Das ist eine hervorragende Beschreibung«, lobte Mona. In Gedanken fügte sie hinzu: *Dieser Kerl scheint für dich ja mehr als ein normaler Brötchenkäufer gewesen zu sein, wenn du ihn dir so genau angesehen hast!* Aber sie behielt diese Überlegung für sich und fragte: »Weißt du auch noch, wie viele Gebäckstücke er gekauft hat?«

Svea erwiderte: »Ja, es waren immer insgesamt sechs Artikel: zwei Weizenbrötchen, zwei Körnerbrötchen und zwei Croissants.«

Die Ermittlerin hielt es für wahrscheinlich, dass der Verdächtige für ein gemeinsames Frühstück eingekauft hatte. Falls er nämlich ganz allein jeden Morgen sechs Brötchen vertilgte, wäre er wohl nicht schlank. Und da er nur Badeschlappen an den Füßen gehabt hatte, würde sich seine Unterkunft vermutlich nicht weit von der Bäckerei entfernt befinden. Diese Art von Fußbekleidung war nämlich für längere Märsche völlig ungeeignet.

»Erinnerst du dich auch noch daran, wann der Mann das letzte Mal im Laden erschienen ist?«, wollte die Kommissarin wissen.

»Das muss am sechsten oder siebten Mai gewesen sein, Mona. Glaubst du wirklich, dass dieser Kerl Joris getötet hat? Er sah so harmlos aus.«

»Zunächst geht es nur darum, die Person zu überprüfen«, stellte die Ermittlerin klar. »Tu mir bitte den Gefallen und ruf mich sofort an, wenn dir der Mann noch einmal begegnet – ob nun in der Bäckerei oder irgendwo anders im Ort.«

»Momentan ist der Laden ja noch geschlossen – und ob ich ihn jemals wiedereröffnen kann, steht in den Sternen. - Aber natürlich werde ich mich sofort bei dir melden.«

Die Kriminalistin gab Svea Krog eine ihrer Visitenkarten und verabschiedete sich. Sie trat auf die Ankerstraße hinaus und schaute erst in Richtung Strand, dann zur Deichstraße hinüber. Wie groß der Radius wohl wäre, den sie für ihre Nachforschungen um die Bäckerei ziehen würde? Sie entschied sich für einen Kilometer. Wenn der junge Mann Brötchen für mehrere Personen gekauft hatte, schieden die Frühstückspensionen als Unterkünfte schon mal aus. Dort wurden die Gäste morgens verpflegt, das war im Preis inbegriffen. Also konzentrierte Mona sich auf die Ferienhäuser. Sie begann mit ihrer Recherche gleich bei dem Friesenhaus, das schräg gegenüber der Bäckerei stand. Mona klingelte dort. Es dauerte nicht lange, bis ihr von einem Mann geöffnet wurde. Er war allerdings untersetzt und hatte eine Halbglatze. Die Kommissarin zeigte ihren Dienstausweis: »Moin, ich suche nach einer Person, die sich möglicherweise in der Nähe aufhält.«

Sie beschrieb den Gesuchten. Der Feriengast schüttelte den Kopf. »Ein solcher Mann ist mir nicht aufgefallen. Wir sind allerdings auch erst heute angereist.«

Der Urlauber hatte das Haus zusammen mit seiner Ehefrau und den achtjährigen Zwillingen bezogen. Die Kriminalistin hatte keinen Grund, an ihren Angaben zu zweifeln. Sie ließ sich von dem Touristen die Telefonnummer des Ferienhausvermieters geben. Enno kannte alle Borkumer Anbieter von Urlaubsunterkünften persönlich und hatte auch ihre Kontaktdaten im Kopf. Aber so weit war Mona noch nicht, obwohl sie mit den Jahren immer stärker zu einer echten Inselpolizistin wurde. Sie bedankte sich und setzte ihren Weg fort. Auch in der Süderstraße, die parallel zur Ankerstraße verlief, gab es mehrere Ferienhäuser, von denen momentan nicht alle vermietet waren. Die dortigen Bewohner entsprachen ebenfalls nicht der Beschreibung, die Mona von Svea bekommen hatte. Schließlich rief sie den Vermieter der Unterkunft an, in der momentan das Ehepaar mit den Zwillingen untergebracht war. Sie erkundigte sich nach dem Gesuchten.

»Ja, Sie sprechen wahrscheinlich von Paul Seidel«, entgegnete der Immobilienbesitzer. »Er hatte mein Ferienhaus in der Ankerstraße zusammen mit seinen Eltern gemietet, die drei sind am 6. Mai abgereist. Ich kann nichts Negatives über die Familie sagen. Ist etwas nicht in Ordnung?«

»Es ist alles bestens«, log Mona. »Es handelt sich um eine reine Routinekontrolle.«

Mit diesen Worten beendete sie das Telefonat und kehrte niedergeschlagen zur Dienststelle zurück, wo sie Enno ihr Leid klagte: »Ich hatte wirklich gehofft, dass dieser Paul Seidel unser ‚großer Unbekannter‘ wäre. Es kommt mir vor, als ob ich ein Brett vor dem Kopf hätte. Vielleicht hat Thaler uns ja wirklich Unsinn aufgetischt und es gibt diesen anderen Mann gar nicht.«

Der Oberkommissar blinzelte ihr freundlich zu: »Ich finde, du warst heute fleißig genug. Und außerdem hast du auch noch eins auf den Schädel bekommen. Mach doch für heute Feierabend, morgen sieht die Welt bestimmt schon anders aus.«

»Ja, du hast recht – ich verschwinde.«

*Und außerdem wartet daheim noch mehr Arbeit auf mich,* fügte sie in Gedanken hinzu. Tapeten herunterreißen? Fußböden abschleifen? Fensterrahmen neu streichen? Sie beschloss, sich überraschen zu lassen. Immerhin war die erste Nacht im neuen Schlafzimmer schon sehr schön gewesen. Als sie wenig später bei ihrem neuen Zuhause eintraf und die Tür aufschloss, wurde sie von einem köstlichen Duft empfangen.

»Du hast den Herd schon angeschlossen, Schatz! Das ist super, mir läuft das Wasser im Mund zusammen!«

Mit diesen Worten eilte sie in die behelfsmäßig funktionierende Küche und schlang ihre Arme um den Mann am Herd.

»Das ist ja sehr schmeichelhaft«, sagte Lux, »aber solche Zärtlichkeiten sollten deinem Mann vorbehalten sein. Er werkelt gerade auf dem Dachboden.« Mona lief knallrot an und ließ den Koch aus der Nordsee Kajüte schnell los. Er spürte, wie peinlich ihr die Situation war und lächelte beruhigend: »Mach dir nichts draus – es ist schon öfter vorgekommen, dass Jan und ich miteinander verwechselt wurden, wenn wir von hinten zu sehen waren.«

Von den Gesichtszügen her wäre es wohl kaum möglich gewesen, den Koch für Monas Ehemann zu halten. Und plötzlich kam der Kommissarin eine zündende Idee. Sie stellte sich auf die Zehenspitzen und küsste Lux auf die Wange: »Vielen Dank für diese Anregung!«

»Ich bin aber nach wie vor nicht mit dir verheiratet«, brachte er stammelnd hervor.

»Das weiß ich selbst, Doofmann – aber du hast mir wahrscheinlich gerade bei meinem aktuellen Mordfall geholfen!«

# Kapitel 12

Mona hatte zunächst nicht geglaubt, einschlafen zu können. Dann war sie aber doch von der Erschöpfung übermannt worden. Am nächsten Morgen nahm sie ihre gewohnte Routine wieder auf und fuhr zu den Molls, um den üblichen Spaziergang mit Rufus zu machen. Die Dogge begrüßte ihr Frauchen so begeistert, als ob sie es seit Jahren nicht mehr gesehen hätte. Mona bedankte sich bei Birte dafür, dass sie den Hund so liebevoll betreut hatte. Dann schnappte die Kommissarin sich die Leine und trabte mit Rufus zum Hundestrand bei der *Heimlichen Liebe*. Um diese frühe Morgenstunde liebte sie Borkum ganz besonders – wenn der Wind die Nebelbänke vertrieb und es am Strand ganz besonders intensiv nach Seetang roch. Obwohl Mona die Atmosphäre an der frühmorgendlichen Nordsee genoss, war sie in Gedanken schon wieder bei ihrem Fall. Sie konnte es kaum erwarten, ihre Überlegungen mit Enno zu teilen. Nachdem sie Rufus wieder bei seiner ‚Tagesmutter' abgeliefert hatte, fuhr sie zur Wache.

»Du wirst nicht glauben, was gestern Abend passiert ist!«, platzte sie heraus. Enno schmunzelte, nachdem seine Kollegin ihm von der Episode mit dem Koch berichtet und ihren Verdacht erläutert hatte. Dann sagte er ernst: »Nachdem wir momentan keinen Verdächtigen mehr haben, dem wir den Mord an Joris wirklich zutrauen, sollten wir diese Möglichkeit prüfen – aber würde jemand, der Thalers Leben auslöschen will, stattdessen einen anderen Mann aus Versehen töten?«

»Das erscheint mir ja auch nicht allzu glaubwürdig«, sagte Mona. »Auf jeden Fall kann es nichts schaden, wenn wir Thaler noch einmal auf den Zahn fühlen.« Sie hielt kurz inne und fügte dann hinzu: »Allein schon, weil er immer noch in Lebensgefahr schweben könnte, wenn ich mich nicht getäuscht habe.«

»Du hast recht«, erwiderte der Oberkommissar. »Und übrigens hat Oltbeck den Polizeischutz für Thaler beendet, nachdem ich gestern Alfred Krog in die Arrestzelle gesperrt habe. Er und Franka Bartels sollen heute nach Emden überführt werden, damit ein Richter über die Verhängung von Untersuchungshaft entscheiden kann.«

Während die Ermittler miteinander sprachen, blieben sie nicht auf der Wache, sondern eilten bereits zum Krankenhaus hinüber. Mona konnte nicht beurteilen, wie fit Thaler inzwischen wieder war. Aber wenn sie eine Verbrecherin wäre und ihr eine längere Haftstrafe bevorstand, würde sie jede Gelegenheit zur Flucht nützen. Das stand für sie fest. Es war, als ob sie durch ihre Überlegung das Unglück heraufbeschworen hätte. Als die Kommissare zu Thalers Zimmer wollten, kam ihnen eine aufgeregte Krankenschwester entgegen: »Der Patient ist verschwunden! Ich wollte ihm eben das Frühstück bringen – da war er fort!«

Die Kriminalistin unterdrückte einen Fluch. Sie schaute in den Schrank – natürlich fehlten die Kleider, die er bei seiner Einlieferung getragen hatte – Jeans und blauer Kapuzenpullover. Thaler war offenbar einfach aus dem Fenster gestiegen, was im Erdgeschoss keine besondere sportliche Leistung darstellte. Enno behielt wie üblich die Ruhe: »Ich gebe erst mal eine Fahndung nach dem Verdächtigen heraus. Weit kann er nicht kommen, Thaler hat kein Geld und keine Personalpapiere.«

»Dafür besitzt er aber jede Menge krimineller Energie!«, stieß Mona hervor. Sie wandte sich noch einmal an die Krankenschwester: »Hat sich außer dem Oberkommissar und mir jemand nach diesem Patienten erkundigt?«

»Ja, da war gestern ein Mann, der nach Herrn Thaler fragte. Aber als er Ihren uniformierten Kollegen sah, ist er plötzlich wieder verschwunden.«

*Und du Schaf hast es nicht für nötig gehalten, jemanden darüber zu informieren?* Früher hätte Mona diesen Satz laut ausgesprochen, aber jetzt bremste sie sich. Sie wusste, wie stark das Pflegepersonal eingespannt war. Und Borkum hatte nicht umsonst den Ruf einer sehr sicheren Insel, wodurch die Menschen weniger misstrauisch und vorsichtig waren.

»Wie würden Sie diesen Besucher denn beschreiben?«, wollte Enno wissen.

»Er war ungefähr vierzig, dunkelhaarig und kräftig. Er trug eine helle Baumwollhose und eine blaue Windjacke«, antwortete die Krankenschwester. Der Oberkommissar bedankte sich. Die beiden verließen das Krankenhaus wieder. Mona schaute auf die Uhr: »Wann soll Franka Bartels aufs Festland geschafft werden?«

»Oltbeck hat für die Mittagsfähre Plätze gebucht.«

»Dann haben wir ja noch genug Zeit, um die Dame noch einmal ins Gebet zu nehmen«, stellte die Kommissarin fest. Nach ihrer Rückkehr zur Polizeistation holten die beiden Franka Bartels sofort aus ihrer Arrestzelle. Sie wurde misstrauisch, als Mona sie in den Verhörraum führte: »Ich hab Ihnen doch schon alles gesagt, was ich weiß. Soll ich heute nicht vor den Richter geschleift werden?«

»Das kann warten. - Zunächst wollen wir Ihnen die Chance geben, das Leben Ihres Freundes zu retten.«

Die Kommissarin wählte diese klaren Worte, um den Ernst der Lage zu verdeutlichen. Ihre Annahme verfestigte sich immer mehr. Ob Thaler überhaupt wusste, dass es jemand auf ihn abgesehen hatte? Falls nicht, dann würde er die Gefahr vielleicht nicht rechtzeitig erkennen.

»Soll das ein Witz sein? Darüber kann ich gar nicht lachen, Frau Sander.«

»Halten Sie mich für einen Scherzkeks? Wir vermuten inzwischen, dass der Mordanschlag nicht Joris Krog, sondern Chris Thaler gegolten hat. - Ein Verdächtiger hat sich im Krankenhaus nach Ihrem Freund erkundigt.«

Die Kommissarin fügte die Beschreibung hinzu, die sie von der Krankenschwester bekommen hatte. Franka Bartels' Gesicht sprach Bände.

»Kehlmann ist also zurück«, murmelte sie. Ihre Stimme klang neutral, aber ihr Körper verriet die Furcht vor dieser Person. Franka Bartels hatte ihre Finger ineinander verschränkt. Die Haut über den Knöcheln wurde weiß, weil sie ihre Muskeln so stark verkrampfte. Und die Schultern hatte sie hochgezogen, als ob sie ihren Kopf vor Schlägen schützen wollte.

»Warum will Kehlmann Ihrem Freund an den Kragen?«, fragte Mona. Die Verbrecherin presste die Lippen aufeinander, bevor sie antwortete: »Oliver Kehlmann und Chris waren früher die besten Freunde. Sie haben einige Projekte angeschoben, die ihnen richtig Geld eingebracht haben. Kehlmann fühlte sich von meinem Freund übervorteilt – zu Unrecht, Chris würde einen so langjährigen Kumpel nicht übers Ohr hauen. Aber was nützt die beste Absicht, wenn sie nicht geglaubt wird? Die Polizei war Kehlmann bereits auf den Fersen, darum musste er ins Ausland abhauen. Wir dachten, dass Chris nun vor seinem Erzfeind sicher wäre. So kann man sich täuschen. - Können Sie nicht herausfinden, warum nach Kehlmann nicht mehr gefahndet wird?«

*Klar, dazu sind wir in der Lage. Aber das werden wir dir bestimmt nicht auf die Nase binden,* dachte die Kommissarin.

»Trägt Chris zur Arbeit eigentlich Berufskleidung?«, erkundigte Enno sich. Franka Bartels klang erstaunt, als sie die Frage beantwortete: »Ja, natürlich. Krog bestand darauf, dass Chris eine Bäckerhose und ein weißes T-Shirt anzieht, bevor er in der Backstube erscheint.«

Die Kommissarin führte sich vor Augen, dass Joris Krog genauso angezogen gewesen war, als der Mörder ihn überrumpelte. Auch die Haarfarbe der beiden Männer ähnelte sich. Hatte Kehlmann nicht mitbekommen, dass Thaler die Bäckerei verlassen hatte, um die Kleidung zu wechseln? Offenbar nicht, denn in dem Fall hätte der Täter sich wohl kaum auf das falsche Opfer gestürzt. Die Umstände des Verbrechens wurden immer deutlicher.

»Sie haben nicht zufällig Kehlmanns Mobilnummer?«, wollte der Oberkommissar wissen.

»Nee, Herr Moll. Ich bin froh, dass ich mit dem Kerl nicht viel zu schaffen hatte. Ich kenne ein paar Geschichten über ihn. - Wenn Kehlmann zur Tat schreitet, dann vergisst er die Welt um sich herum. Und er gibt keine Ruhe, bis er sein Ziel erreicht hat.«

»Wissen Sie, ob Kehlmann sich auf Borkum auskennt?«

»Das kann ich Ihnen nicht sagen, Frau Sander. - Bitte sorgen Sie dafür, dass Chris nichts geschieht!«

Der letzte Satz klang geradezu flehend. Bei diesem Gaunerpärchen schien wirklich Liebe im Spiel zu sein, jedenfalls von Franka Bartels' Seite aus. Und was war mit Thaler? Würde er es darauf anlegen, von der Insel herunterzukommen oder sich lieber irgendwo verbergen?

»Wir tun, was wir können«, versicherte die Kommissarin. Sie brachte Franka Bartels zurück in die Gewahrsamszelle, bevor die Täterin von uniformierten Kollegen zur Reise nach Emden abgeholt wurde. Als die Kriminalistin in den Verhörraum zurückkehrte, war Enno schon weg. Sie fand ihn in ihrem gemeinsamen Büro, wo er am Computer arbeitete.

»Ich dachte schon, du versteckst dich vor mir«, scherzte sie.

»Heute mal nicht«, gab er grinsend zurück und fuhr fort: »Ich habe mir gerade mal Kehlmanns Strafakte zu Gemüte geführt. Die Kollegen haben wirklich nach ihm gefahndet, weil er im Verdacht stand, an einem Raubüberfall beteiligt gewesen zu sein. Inzwischen konnten aber die wahren Täter ermittelt werden, er war unschuldig. Mit anderen Worten: Kehlmann ist zwar wegen verschiedener

Gewaltdelikte vorbestraft, aktuell wird ihm aber kein Verbrechen zur Last gelegt.«

»Abgesehen von dem Mord an Joris Krog, und den müssen wir ihm erst einmal nachweisen«, meinte die Kommissarin. Dann sagte sie: »Kehlmann muss sich also nicht unbedingt davor fürchten, ins Visier der Polizei zu geraten. Warum sollte er nicht unter seinem echten Namen eine Unterkunft mieten? Wenn er die Bäckerei erst einmal ausgekundschaftet hat, wird er sich schon ein paar Tage auf der Insel befinden.«

»Einen Versuch ist es wert«, erwiderte der Oberkommissar. Die beiden gingen zur Touristeninformation hinüber, die sich fußläufig von der Polizeistation entfernt am Georg-Schütte-Platz befand. In dem kleinen Pavillon konnte man nicht nur Unterkünfte buchen, dort wurden auch die Gästebeiträge sämtlicher Inselbesucher erfasst. Daher konnte man leicht nachvollziehen, in welcher Pension, in welchem Hotel oder Privatzimmer die Person Quartier bezogen hatte. Und tatsächlich wurden die Ermittler auch diesmal fündig: Ein Tourist namens Oliver Kehlmann wohnte seit einer Woche in der Frühstückspension Ten Braak. Das war ein kleiner familiärer Beherbergungsbetrieb in der Straße Am langen Wasser, in der Nähe des Inselbahnhofs gelegen. Die Kommissare bedankten sich bei den Mitarbeitern der Touristeninformation und gingen zu Kehlmanns Urlaubsadresse hinüber. Sie betraten das rote Backsteinhaus, dessen Vorderfassade fast gänzlich mit Kletterrosen bedeckt war und das Gebäude wie ein Dornröschenschloss erscheinen ließ. Tatje Ten Braak war eine resolute Dame in den Sechzigern. Sie räumte gerade den Frühstücksraum im Wintergarten auf, als die Kommissare hereinkamen.

»Moin, wie geht es euch? Ich hoffe, dass nicht schon wieder eine reisende Bande von Taschendieben ihr Unwesen treibt«, sagte sie. Eine solche Gruppierung hatte sich nämlich vor einiger Zeit in ihrer Pension eingenistet. Es war der Kaltblütigkeit dieser Wirtin zu verdanken, dass die Polizei genügend Beweise sichern und alle Bandenmitglieder vor Gericht bringen konnte.

Enno schüttelte lächelnd den Kopf: »Nee, es geht uns um Oliver Kehlmann. Wir müssen mit ihm reden.«

»Ist etwas nicht in Ordnung mit ihm?«, fragte Tatje Ten Braak mit gedämpfter Stimme. »Er macht einen sehr anständigen Eindruck auf mich, er ist höflich und zurückhaltend – tagsüber hält er sich meist draußen auf. Ich glaube, er benutzt sein Zimmer nur zum Schlafen.«

Darüber wunderte Mona sich nicht. Kehlmann hatte offenbar erkannt, dass Unauffälligkeit der beste Schutz vor dem Gesetz war. Natürlich gab es auch Mehrfachtäter, die durch herausforderndes Benehmen und grelles Äußeres stets im Mittelpunkt standen. Solche Ganoven landeten genau deshalb schneller hinter Gittern als ihre ‚Berufskollegen‘, die sich ein bürgerliches Äußeres als Tarnkappe zugelegt hatten.

»Wir müssen jedenfalls dringend mit ihm sprechen«, sagte die Kommissarin eindringlich. »Und wir möchten einen Blick in sein Zimmer werfen.«

»Dürft ihr das denn so einfach?«, zweifelte die Pensionswirtin.

»Bei Gefahr im Verzug schon«, stellte Enno klar. Zögernd schloss Tatje Ten Braak den Raum auf, den sie Kehlmann vermietet hatte. Es war ein typisches Zimmer einer Borkumer Frühstückspension der unteren Preiskategorie – zweckmäßig eingerichtet und recht klein. Die Kriminalisten durchsuchten es schnell, fanden aber keine verdächtigen Hinweise.

»Du hast doch bestimmt auch die Mobilnummer deines Gastes?«, vermutete der Oberkommissar.

»Ja, die kann ich euch geben«, erwiderte die Wirtin. Man sah ihr an, dass sie gern mehr über das Interesse der Polizei an Kehlmann erfahren hätte. Aber sie sprach diese Frage nicht aus. Nachdem sie den beiden die Zahlenfolge genannt hatte, verabschiedeten sich die Kriminalisten.

»Bitte ruf uns sofort an, sobald Kehlmann wieder hier erscheint«, sagte Enno.

»Das werde ich tun«, versprach sie. Sobald die Ermittler die Pension verlassen hatten, rief Mona den Chef an. Sie gab ihm eine Zusammenfassung und endete mit den Worten: »Kehlmann ist momentan unser Mordverdächtiger Nummer eins, deshalb muss sein Handy dringend geortet werden.«

»Ihr Verdacht gegen diese Person erscheint mir doch sehr abenteuerlich«, gab Oltbeck gereizt zurück, »aber ich will mir nicht vorwerfen lassen, dass ich eine Chance zur Aufklärung dieses Falls ungenutzt lassen würde. - Ich nehme Kontakt mit der Staatsanwaltschaft auf und melde mich, sobald wir grünes Licht für das Anpeilen des Geräts haben.«

Mit diesen Worten beendete der Vorgesetzte das Telefonat. Vermutlich würde er nur allzu gern in Emden anrufen – es war nämlich bei der Borkumer Polizei ein offenes Geheimnis, dass Oltbeck heimlich für die junge Staatsanwältin Dr. Elisabeth Becker schwärmte und jede Chance nutzte, mit ihr in Kontakt zu treten – und sei es auch nur beruflich. Natürlich konnten die Ermittler nicht warten, bis sie die Genehmigung hatten. Sie berieten ihr weiteres Vorgehen.

»Kehlmann hat mitbekommen, dass Thaler unter Polizeischutz stand«, dachte Mona laut nach, »aber woher sollte er wissen, dass dies wegen der Attacke durch Alfred Krog geschah? Wobei ich mich sowieso frage, woher Kehlmann weiß, dass sein ursprüngliches Opfer noch lebt. Er musste doch davon ausgehen, dass ihm seine feige Tat gelungen ist.«

»Es wird nicht so schwer gewesen sein, die Wahrheit herauszufinden«, meinte Enno. »Erinnere dich an die Situation beim Leichenfund. Als der Polizeiwagen und die Ambulanz vor der Bäckerei parkten, bildete sich schnell eine Traube von Schaulustigen. Die Krogs sind auf Borkum bekannt. Dass Svea ihren Mann durch diesen Mord verloren hat, wusste innerhalb von wenigen Stunden die ganze Insel. Und noch am selben Tag kam eine Meldung im Lokalradio über einen Bäckermeister, der in seiner eigenen Backstube umgebracht wurde. Da hat mal wieder jemand unsere Pressekonferenz nicht abwarten können. - Wie auch immer: Kehlmann wird gemerkt haben, dass ihm buchstäblich ein tödlicher Irrtum unterlaufen ist. Und seitdem hat er gewiss versucht, seinen ursprünglichen Plan in die Tat umzusetzen.«

»Ob Thaler weiß, in welcher Gefahr er schwebt?«, rätselte die Kommissarin.

»Auf jeden Fall kann er sich an allen fünf Fingern ausrechnen, dass seine Freundin aufgeflogen ist und sich im Polizeigewahrsam befindet«, vermutete Enno. »Ins Wohnheim kann er nicht zurück, weil er dort mit unserer Anwesenheit rechnen muss. Und dass wir schon beim Waldlehrpfad gewesen sind, weiß er ebenfalls. Eigentlich bleibt nur eine Möglichkeit – die Bäckerei.«

»Da sind wir aber gerade gewesen«, gab Mona zu bedenken.

»Ja, aber wir haben uns nicht überall umgeschaut«, sagte Enno. Er fuhr fort: »Nicht in der Vorratskammer, nicht im geschlossenen Ladenlokal … wir sollten im Hinterkopf behalten, dass Thaler bereits einmal unbemerkt in das Haus eingebrochen ist und die Medaille geklaut hat. An seiner Stelle würde ich mich dort einnisten, wo ich mich am besten auskenne. Hinzu kommt, dass sich dort die von ihm so verehrte Svea befindet.«

»Du befürchtest, dass Thaler sie als Geisel nehmen könnte? Aber vorhin wirkte sie recht gefestigt – wenn man bedenkt, dass sie ihren Mann verloren hat«, sagte Mona. Sie fügte hinzu: »Verängstigt oder eingeschüchtert wirkte sie nicht auf mich.«

»Es wäre ja möglich, dass Thaler sie sich noch nicht gegriffen hat«, vermutete ihr Kollege. »Die beste Gelegenheit für eine Geiselnahme ergab sich für ihn ab dem Moment, in dem wir die Bäckerei verlassen haben. Das Ladengeschäft ist geschlossen, der Schwiegervater befindet sich auf dem Weg nach Emden. Svea ist also allein.«

Bevor Mona etwas entgegnen konnte, klingelte ihr Smartphone. Oltbeck war am Apparat.

»Ich habe mich für Ihren unkonventionellen Ermittlungsansatz stark gemacht – und ich konnte die Staatsanwältin überzeugen«, verkündete er stolz. »Sie dürfen Kehlmanns Handy jetzt anpeilen!«

# Kapitel 13

Monas Herzschlag beschleunigte sich, während sie Kehlmanns Mobilnummer in ihr Ortungsprogramm tippte. Sie führte sich vor Augen, dass sie bisher nichts gegen diesen Mann in der Hand hatten – abgesehen von Franka Bartels' Aussage. Diese konnte aber von einem cleveren Strafverteidiger problemlos auseinandergenommen werden. Kehlmann musste den Mord an dem Bäckermeister einfach nur leugnen. Seine Chancen, mit dem Verbrechen ungestraft davonzukommen, standen nicht schlecht. Wenigstens war Kehlmanns Telefon eingeschaltet. Es dauerte nicht lange, bis ein Ergebnis vorlag. Und das gefiel den Ermittlern überhaupt nicht. Mona starrte auf den blinkenden roten Punkt, der das lokalisierte Handy darstellen sollte.

»Er befindet sich in der Ankerstraße, wahrscheinlich direkt in der Bäckerei. So ein Mist!«, stieß sie hervor.

»Wir müssen jetzt ruhig Blut bewahren«, mahnte Enno. »Ich schlage vor, dass du jetzt sofort Svea anrufst und dich als ihre Freundin ausgibst. Wir müssen herausfinden, ob Kehlmann sie schon in seiner Gewalt hat. In dem Fall wird er sie entweder am Telefonieren hindern oder den Lautsprecher einschalten. Du kannst gewiss an ihrer Stimme hören, ob sie in der Klemme sitzt oder nicht. Svea ist ja nicht die Person, auf die es der Mörder eigentlich abgesehen hat.«

»Nein, aber wenn er in ihrer Gegenwart Thaler umbringt, wäre sie eine lästige Zeugin«, murmelte die Kommissarin. Der Vorschlag ihres Kollegen war gut. Sie musste sich jetzt ganz auf das Gespräch konzentrieren. Monas Hand war schweißnass, als sie den Kontakt mit der Witwe aufnahm. Das Telefon wäre ihr beinahe heruntergefallen. Das Freizeichen ertönte einmal, zweimal, dreimal … es schien ewig zu dauern, bis Svea sich meldete.

»Hallo?!«

Ihre Stimme klang brüchig und gepresst. Das musste allerdings nicht bedeuten, dass sie in der Gewalt eines Kriminellen war. Diese Frau hatte erst vor kurzem ihren Ehemann verloren. Da konnte man nicht erwarten, dass sie sich allzu munter anhörte.

»Hier ist Mona! Ich möchte wissen, wie es meiner besten Freundin geht. Heute ist mein freier Tag, die Hotelrezeption muss mal ohne mich funktionieren. Und da wollte ich fragen, ob ich vorbeikommen darf. Ich finde, du solltest nach deinem Verlust nicht so viel allein sein.«

Die Kommissarin hatte schnell gesprochen, damit Svea gar nicht erst auf den Gedanken kam, über die Ermittlung zu reden. Und falls Kehlmann lauschte, dann musste er die Anruferin für eine Rezeptionistin halten. Zumindest hoffte sie, dass er ihr auf den Leim gehen würde.

»Moin, Mona. Lieb von dir, dass du mir in dieser schweren Zeit beistehen willst. Aber im Moment passt es mir nicht so gut. Ich muss mich um die Beerdigung kümmern und weiß nicht, wo mir der Kopf steht. Und ob ich die Bäckerei jemals wieder öffnen kann, steht in den Sternen. Ob ich wohl bei euch im Hotel einen Job finden würde?«

Obwohl die Witwe stockend und zögernd sprach, war die Kommissarin den Umständen entsprechend mit ihrer Reaktion zufrieden. Svea spielte bei dem Täuschungsmanöver mit. Und dafür konnte es nur einen Grund geben: Kehlmann hörte mit – wahrscheinlich bedrohte er sie in diesem Moment mit einer Waffe! Mona musste versuchen, Svea zu beruhigen und ihr gleichzeitig Hoffnung auf baldige Hilfe geben.

»Ja, mach dir deswegen bitte keine Gedanken«, sagte sie mit Nachdruck. »Wir wissen deinen Fleiß und deine Zuverlässigkeit zu schätzen. Und du weißt hoffentlich auch, dass du auf uns zählen kannst? Das gilt nicht nur für mich, sondern für das gesamte Team des Hotels.«

Sie machte vor den letzten beiden Worten eine kurze Pause. Aber Svea wusste ohnehin, dass Mona stattdessen eigentlich *Team der Polizei* hatte sagen wollen.

»Danke, Mona. Ich bin jetzt zwar allein, aber es ist ein gutes Gefühl, dass ihr für mich da seid.«

»Du kannst dich auf uns verlassen, Svea. Melde dich einfach bei mir, wenn du Hilfe brauchst. Du kannst mich Tag und Nacht erreichen.«

Die Witwe beendete das kurze Telefonat. Wahrscheinlich hatte Kehlmann ihr signalisiert, dass sie sich kurzfassen sollte. Das Gespräch hatte bei der Kriminalistin gemischte Gefühle hervorgerufen. Einerseits war es natürlich von Vorteil, dass die Geisel bei ihrer Geschichte mitgespielt hatte. Andererseits handelte es sich bei Kehlmann um einen Verbrecher, der bereits einmal kaltblütig gemordet hatte. Die Herausforderung bestand jetzt darin, die Witwe unbeschadet in Sicherheit zu bringen und diesen Mann unschädlich zu machen.

»Gut gemacht – Svea wird jetzt wissen, dass wir über ihre Situation im Bilde sind«, lobte Enno. Er fügte hinzu: »Wir müssen Oltbeck über die neuen Entwicklungen informieren.«

»Ja, daran kommen wir wohl nicht vorbei«, murmelte Mona. Sie konnte sich vorstellen, wie ihr Chef auf die aktuelle Lage reagieren würde - nämlich streng nach Vorschrift. Und mit dieser Einschätzung hatte sie sich nicht getäuscht. Wenig später saßen die beiden Ermittler nämlich im Chefbüro und informierten den Vorgesetzten. Auf seinem Gesicht zeichnete sich deutlich die Anspannung ab: »Und Sie sind sicher, dass dieser Kehlmann die Witwe in seine Gewalt gebracht hat?«

»So sicher, wie man nur sein kann«, gab Mona ungeduldig zurück. »Ich habe also nicht mit eigenen Augen gesehen, wie der Verbrecher ihr eine Waffe gegen die Schläfe drückt, falls Sie das meinen. Aber man muss nur eins und eins zusammenzählen: Kehlmann hat es auf Thaler abgesehen und hofft, ihn in der Bäckerei anzutreffen. Also hält er sich dort auf und nimmt die Witwe als Geisel, um ein Druckmittel zu haben. Oder er fesselt sie einfach nur, damit sie bei seiner Racheaktion nicht im Weg ist. Ich bezweifle nämlich, dass der Mörder über Thalers Gefühle für Svea Krog Bescheid weiß. - Das ist auch nebensächlich, wir müssen umgehend handeln!«

»Darüber bin ich mir im Klaren«, schnarrte Oltbeck. »Und deshalb fordere ich sofort eine Spezialeinheit vom Festland an. Keiner von uns ist für eine Geiselbefreiung ausgebildet, das wissen Sie so gut wie ich.«

Die Kommissarin presste die Lippen aufeinander. Sie und Enno hatten in der Vergangenheit schon öfter Zivilisten unblutig der Gewalt gefährlicher Verbrecher entreißen können. Da diese Aktionen stets gut ausgegangen waren, hatte der Chef sie im Nachhinein abgesegnet. Aber eigentlich waren die Dienstanweisungen für solche Lagen eindeutig: Es gab Spezialisten, die eigens dafür geschult waren. Der Oberkommissar unterstützte seine Kollegin: »Uns läuft die Zeit davon, Herr Oltbeck. Es dauert, bis sich eine SEK-Einheit vom Festland aus in Marsch gesetzt hat. Selbst wenn die Kollegen mit einem

Hubschrauber einfliegen, wird dies frühestens in einer Stunde passieren. Wir gehen davon aus, dass Kehlmann auf Thaler wartet. Wenn der Aushilfsbäcker in die Ankerstraße zurückkehrt, könnte es eine blutige Eskalation geben.«

»Das ist ein Grund mehr, das Feld den Spezialkräften zu überlassen.»

Oltbeck hatte den Telefonhörer schon in der Hand, als er diesen Satz aussprach. Doch bevor er auf dem Festland anrufen konnte, wurde die Tür aufgerissen. Grietje betrat den Raum, gefolgt von Chris Thaler.

»Der Verdächtige hat sich soeben freiwillig gestellt!«, verkündete die sommersprossige Polizistin.

*

»Sie müssen sofort etwas unternehmen, Svea ist in höchster Gefahr!«, rief er aufgeregt, bevor einer der Anwesenden sich von der Überraschung erholen konnte. Der Chef fand als Erster die Sprache wieder: »Ich bin Hauptkommissar Oltbeck, und ich leite diese Polizeidienststelle. Welche Informationen haben Sie für uns?«

»Ich bin aus dem Krankenhaus abgehauen, weil ich nach der Nummer mit der Rettungsmedaille nicht wieder in den Knast wollte«, gab Thaler bereitwillig zu. »Ins Wohnheim konnte ich nicht zurück, weil Sie da garantiert auf mich gewartet hätten. Also wollte ich versuchen, mich unauffällig in die Bäckerei zu schleichen. Ich weiß, wo Joris draußen einen Reserveschlüssel versteckt hat. Wäre ihm bestimmt nicht recht gewesen, dass ein Typ wie ich Wind davon bekommen hat.«

»Also gelangten Sie ins Haus – und weiter?«, hakte Mona ungeduldig nach. Thaler antwortete: »Ich hörte die Stimmen zweier Menschen. Svea sprach mit einem Mann. Zunächst dachte ich, dass es ihr Schwiegervater wäre. Aber das war leider ein Irrtum. Der Kerl sagte: ‚Ich will jetzt wissen, wo Thaler ist!‘ Da wurde ich verdammt nervös, denn ich kenne diesen Typen. Er ist zu allem fähig. Sein Name lautet Oliver Kehlmann.«

»Welchen Eindruck hatten Sie von ihm? Wie haben seine Worte auf Sie gewirkt?«, wollte Enno wissen. Thaler warf dem Oberkommissar einen verständnislosen Blick zu: »Er ist sauer, aggressiv – es würde mich nicht wundern, wenn er bald durchdreht. Ich sorge mich ernsthaft um Svea!«

»Wir wissen, wer er ist«, gab Mona zurück. »Wahrscheinlich hat Kehlmann Joris Krog versehentlich getötet, in Wirklichkeit war er hinter Ihnen her.«

Diese Sätze schienen Thaler zu schocken. Er riss die Augen weit auf, ein Zittern durchlief seinen Körper.

»Und warum sitzen Sie noch hier herum? Sie müssen die Frau retten!«, forderte er.

»Das werden wir tun, aber wir lassen uns von Ihnen keine Vorschriften machen«, wies Oltbeck ihn zurecht. »Immerhin haben Sie sich freiwillig gestellt, das war sehr klug von Ihnen.«

»Ich habe einen Plan, wie wir Kehlmann unblutig überwältigen können!«, verkündete Mona, »und zwar innerhalb einer Stunde – bevor die Einheit vom Festland auch nur einfliegen kann.«

Sie hatte sich die Vorgehensweise eben gerade erst zurechtgelegt, denn durch Thalers unerwartetes Erscheinen wurden die Karten neu gemischt. Gewiss, die Aktion war immer noch riskant – aber unter den aktuellen Umständen vielleicht die einzige Möglichkeit. Von Oltbecks Miene war unmöglich abzulesen, ob er seine Untergebene für plemplem hielt oder ob ihre Idee ihm durchführbar erschien. Als die Kommissarin geendet hatte, schaute sie ihn erwartungsvoll an.

»Also gut, wir probieren es – aber ich verlange, dass Sie eine Schutzweste tragen, Frau Sander. Sie sind frisch verheiratet, ich möchte nicht, dass Ihr Ehemann gleich zum Witwer wird!«

# Kapitel 14

Mona konnte selbst kaum glauben, dass der Chef das Vorhaben abgesegnet hatte. Sie schwitzte, als sie wenig später auf ihrem Rad Richtung Ankerstraße strampelte. Und das lag nicht an den milden Mai-Temperaturen an diesem sonnigen Tag. Sie trug unter ihrer Kapuzenjacke die klobige Schutzweste, wie Oltbeck es gefordert hatte. Den Jackenreißverschluss musste sie bis zum Kinn hochziehen, weil man andernfalls den oberen Rand der Weste erblickt hätte. Ihre Pistole hatte Mona auf der Wache gelassen. Es wäre zu riskant gewesen, in Gegenwart von Svea zu schießen, womöglich hätte sie die Geisel versehentlich getroffen – beispielsweise durch einen Querschläger. Die Kommissarin hatte lediglich ihr Pfefferspray eingesteckt. Ob sie es würde einsetzen können, war allerdings eine andere Frage. Während sie die Gleise der Kleinbahn überquerte und ihrem Fahrtziel näherkam, ging sie noch einmal ihre Gedankengänge durch. Monas List basierte darauf, dass Kehlmann mit Thaler abrechnen wollte. Also musste sie ihm eine Chance geben, diesem Ziel näherzukommen – natürlich ohne den reuigen Ganoven dabei zu gefährden, der saß jetzt sicher in einer Arrestzelle auf der Wache.

Mona hatte weiche Knie, als sie ihren Drahtesel vor der geschlossenen Bäckerei zum Stehen brachte. Sie war kein Feigling, in dem Fall wäre ihre Berufswahl wohl eine Fehlentscheidung gewesen. Aber eine gewisse Anspannung ließ sich nicht unterdrücken. Und das war eigentlich auch gut so. Das durch ihren Körper jagende Adrenalin half ihr dabei, die Lage richtig einzuschätzen.

Die Ermittlerin klingelte Sturm. Ihr Plan umfasste zwei Teile: Sie selbst wollte Kehlmann ablenken und beschäftigen. Währenddessen würden ihre Kollegen mithilfe von Thalers Schlüssel durch die Backstube ins Gebäude eindringen und im passenden Moment zugreifen. Während die Polizisten den Geiselnehmer überwältigten, sollte Mona Svea aus der Schusslinie schaffen. *So weit die Theorie,* dachte die Kommissarin. Es gab Fragen, die noch nicht beantwortet werden konnten: Hatte Kehlmann inzwischen die Nerven verloren? War Svea unter dem Druck zusammengebrochen und hatte gebeichtet, mit der Polizei gesprochen zu haben? Oder konnte sie sich zusammenreimen, dass der Mörder ihres Mannes sie als Geisel genommen hatte? Würde sie sich mit dem Mut der Verzweiflung zur Wehr setzen? Diese Gedankenfetzen spukten ihr durch den Kopf, während sie vor der Haustür stand und versuchte, einen möglichst lockeren Eindruck zu machen – obwohl sie sich alles andere als entspannt fühlte. Nach einem Zeitraum, der ihr wie eine halbe Ewigkeit vorkam, öffnete die Witwe die Tür. Svea trug nach wie vor ihre schwarze Kleidung, die sie schon zuvor angehabt hatte. Nichts deutete darauf hin, dass sie misshandelt worden war, wie die Kriminalistin zu ihrer Erleichterung bemerkte. Trotzdem drückte Sveas Miene deutlich Erschrecken aus: »Was machst du denn hier, Mona? Ich hab doch schon bei deinem Anruf gesagt, dass ich keine Zeit habe.«

»Ja, aber es gibt eine Sache, über die ich am Telefon nicht mit dir sprechen kann, obwohl du meine beste Freundin bist. - Ehrlich gesagt habe ich mich mit eurem Aushilfsbäcker Chris Thaler eingelassen, und jetzt will er plötzlich bei mir wohnen!«

Die Kommissarin ging davon aus, dass Kehlmann neben Svea stand und jedes Wort mithörte. Sie fragte sich, ob ihr Spruch nicht zu dick aufgetragen gewesen war. Würde eine junge Frau ihrer Freundin ein solch intimes Geständnis gleich an der Haustür machen, ohne lange Vorrede? Aber es war wichtig, dass der Name Thaler fiel. Und Kehlmann wollte unbedingt erfahren, wo er seinen Feind finden konnte. Jetzt bekam er die Chance dazu, zumindest sollte er es glauben.

»Warum bittest du deine Freundin nicht herein?«

Dieser Satz aus einer rauen Männerkehle war keine Frage, sondern ein Befehl. Und es klang nicht so, als ob Kehlmann Widerspruch akzeptieren würde. Svea kam gar nicht dazu, eine Antwort zu geben – denn nun schoss der Arm des Verbrechers hinter dem Türblatt hervor. Er packte Mona am Ärmel ihres Kapuzenshirts und zog sie ins Haus. Spätestens in diesem Moment war sie völlig überzeugt davon, Joris Krogs Mörder vor sich zu haben. Die Kommissarin hielt sich selbst nicht für einen Schwächling, sie machte regelmäßig Krafttraining und hatte schon so manche körperliche Auseinandersetzung mehr oder weniger unbeschadet überstanden. Aber Kehlmanns Energie war enorm. Sie stolperte in den Flur, als ob sie ein Federgewicht wäre. Und nun stand sie dem Verdächtigen direkt gegenüber.

Kehlmann wirkte auf den ersten Blick gut angezogen und seriös. Mona konnte verstehen, dass die Pensionswirtin einen guten Eindruck von ihm hatte. Allerdings hielt er jetzt ein Steakmesser stoßbereit in der Rechten. Und sein Gesichtsausdruck war der eines Mannes, der nichts mehr zu verlieren hat – weil es für ihn kein Zurück gab.

»Ein Schrei – und du bist tot!«, drohte er. Mona hätte ihm gern sofort eine Ladung Pfefferspray verpasst, aber noch befand sich Svea in der Reichweite seiner Messerklinge. Selbst wenn er geblendet war, konnte er immer noch blindwütig um sich stechen. Sie hoffte darauf, dass ihre Kollegen inzwischen durch die Backstube ins Gebäude gelangt waren. Mona hob abwehrend die Hände: »Hey, immer mit der Ruhe! Ich wollte euch nicht stören. - Wer ist das, Svea? Ich hatte ja keine Ahnung ...«

Kehlmann lachte, aber er klang nicht amüsiert: »Du glaubst, deine Freundin sei mein Betthäschen? Ihr Weiber seid doch alle gleich! - Egal, jetzt geht es um Thaler. Wo ist der Drecksack?«

Mona antwortete nicht sofort. Sie wollte ja die Illusion aufrechterhalten, dass Thaler ihr etwas bedeuten würde. Und der Mörder schien genau das zu glauben. Er näherte sich ihr und drohte mit dem Messer: »Du glaubst wohl, ich mache hier Scherze? Ich hab den anderen Bäcker auch schon umgebracht. Und wenn ihr beiden Hühner nicht auch krepieren wollt, dann rufst du jetzt Thaler an und zitierst ihn hierher, kapiert?«

»Du – hast meinen Mann getötet?!«

Sveas Stimme klang schrill, als sie diesen Satz hervorstieß. Mona befürchtete das Schlimmste. Sie hielt die Witwe eigentlich nicht für einen Menschen, der zu unkontrollierten Gefühlsausbrüchen neigte. Aber sie befand sich in einer Ausnahmesituation – erst wurde ihr Ehemann erstickt, dann musste sie erfahren, dass ihr Schwiegervater mit einer verurteilten Verbrecherin unter einer Decke gesteckt hatte – und jetzt wurde sie von Joris' Mörder mit einem Messer bedroht.

»Svea, bleib ruhig,« sagte die Kommissarin. Sie versuchte, sich unauffällig zwischen Kehlmann und die Witwe zu schieben. Er hatte bereits bewiesen, dass ihm ein Menschenleben nichts bedeutete. Und wenn Svea ihn wirklich angriff, würde er zustechen. Daran hatte sie keinen Zweifel.

Momentan drohte er jedoch nur: »Also, ich will Thaler hier sehen – und zwar so schnell wie möglich. - Los, hol ihn hierher!«

Er zog mit seiner freien Hand ein Smartphone aus der Tasche und drückte es der Kriminalistin in die Hand. Sie griff danach, und im gleichen Moment erkannte sie ihren Fehler. Kehlmann rang nach Atem, als ob ihm jemand die Luft abgeschnürt hätte: »Ihr verschaukelt mich doch! Du bist verheiratet – gehst du mit Thaler fremd?!«

Der Verbrecher hatte den Ehering an Monas Hand bemerkt. Sollte sie ihre Lügengeschichte jetzt noch weiter ausschmücken – in der Hoffnung, dass er sie weiterhin schlucken würde? Sein Misstrauen war auf jeden Fall erwacht. Aber nun verlor Svea die Beherrschung. Sie stürzte sich mit einem Wutschrei auf den Mörder, obwohl sie unbewaffnet war. Mona musste jetzt handeln. »Polizei! Messer weg!«, rief sie gellend. Gleichzeitig ließ sie das Telefon fallen, packte sein Handgelenk und verpasste ihm mit der anderen Hand eine Ladung Pfefferspray. Kehlmann gab ein schmerzhaftes Röcheln von sich, aber leider konnte die Kommissarin seine Messerhand nicht unter Kontrolle halten. Sie musste sich eingestehen, dass er einfach zu stark war. Zum Glück bekam sie in diesem Moment Verstärkung durch ihre Kollegen Hinderk Ekhoff und Claas Brodersen. Es war den jungen Polizisten offenbar gelungen, durch die Backstube hereinzukommen und sich unbemerkt zu nähern. Bevor Kehlmann zustechen konnte, wurde er von den Beamten zu Boden gebracht. Er kämpfte wie ein Berserker, aber das Pfefferspray beeinträchtigte seine Koordination. Mit einiger Mühe gelang es den Beamten, ihm Handschellen anzulegen. Mona wischte sich die Tränen aus dem Gesicht, denn der Einsatz des Reizmittels in dem engen Flur war auch bei ihr und den übrigen Anwesenden nicht ohne Wirkung geblieben. Sie nahm die Witwe in die Arme: »Es ist vorbei, Svea. Der Täter wird seine gerechte Strafe bekommen.«

*

»Stine Brunkhorsts Staranwalt hat sein Mandat niedergelegt.«

Mit dieser Nachricht wurde Mona am nächsten Morgen von Enno empfangen, als sie ihr gemeinsames Büro betrat. Normalerweise begrüßte er sie zunächst und bot ihr erst einmal einen Tee an, bevor er dienstlich wurde. Dass der Oberkommissar mit dieser Information so überfallartig um die Ecke kam, bewies ihr die Wichtigkeit, die er der Neuigkeit beimaß. Sie ließ sich auf ihren Stuhl fallen und stützte ihr Kinn auf ihre Hände. Sie schaute ihn an wie ein Kind, das einem Märchenonkel lauscht: »Erzähl mehr, bitte!«

»Laut meiner Quelle in der Justizvollzugsanstalt sieht Dr. Roland Mehler sich aufgrund anderer Verpflichtungen außerstande, die nachtragende Dame zu vertreten. Mit anderen Worten: Es ist Stine Brunkhorst gründlich misslungen, deinen Ruf beschädigen zu wollen. Daher kann der Jurist kein Strohfeuer in den Medien entfachen. Und Alfred Krogs Geständnis seiner Komplizenschaft wird sozusagen dem Fass den Boden ausgeschlagen haben. Dr. Mehler wollte ja seine Mandantin gern als Opfer von Polizeiwillkür und einer vom Ehrgeiz zerfressenen Kommissarin inszenieren – und dieser Plan ist offenbar auf der ganzen Linie gescheitert.«

»Ja, ich bin nämlich nicht von Ambitionen, sondern von Klarlack geschunden«, erwiderte Mona lachend, »denn nach Feierabend gehe ich jetzt meinem Zweitjob als Restauratorin unseres neuen Hauses nach.«

Sie streckte Enno als Beweis ihre geröteten Hände entgegen. Natürlich freute sie sich, dass die Intrige dieser Furie im Sand verlaufen war. Umso leichter fiel es, sich jetzt auf den Abschluss ihres aktuellen Falls zu konzentrieren.

»Wie geht es Svea?«, wollte der Oberkommissar wissen.

»Einerseits ist es natürlich hart für sie, dass ihr Mann letztlich einen sinnlosen Tod gestorben ist«, meinte seine Kollegin. »Andererseits ist es bestimmt tröstlich für sie, dass Joris ihr nicht untreu geworden ist und deshalb getötet wurde – und es gibt eben auch keine anderen Punkte, durch die er das Unglück heraufbeschworen hätte. Niemand konnte Kehlmanns Erscheinen auf Borkum vorhersehen, noch nicht einmal Thaler.«

»Hat er seinem Geständnis noch etwas hinzugefügt?«, fragte Mona.

»Nach seiner Flucht aus dem Krankenhaus wollte Thaler angeblich erst mit Franka Bartels zusammen die Insel verlassen«, erklärte der Oberkommissar, »aber die junge Dame war ja für ihn unerreichbar. Ohnehin ist er ja nicht auf eine einzige Frau konzentriert, dafür sind seine heimlichen Fotos von Svea der beste

Beweis. Er hoffte wahrscheinlich, sie über den Verlust ihres Mannes hinwegtrösten zu können.«

»Was für ein Glück, dass Thaler nicht so hitzköpfig ist!«, stieß Mona hervor. »Wenn er sich unüberlegt auf seinen Erzfeind Kehlmann gestürzt hätte, anstatt sich der Polizei zu stellen, wäre das Ergebnis wahrscheinlich ein Blutbad gewesen.«

»Ja, dieser Kehlmann scheint ein übler Bursche zu sein«, meinte Enno. »Ich möchte erfahren, warum er und Thaler solche Feinde geworden sind.«

Das ging Mona genauso. Sie wollte mehr über Kehlmann erfahren. Als sie gegen den Mörder gekämpft hatte, hatte sie seine Gefährlichkeit förmlich spüren können. In dem Moment war keine Zeit gewesen, um Angst zu bekommen. Die Beklemmung stellte sich bei ihr erst später ein. Immerhin war Kehlmann jetzt mit Handschellen gefesselt. Das machte es für Mona leichter, ihm im Verhörraum gegenüberzusitzen. Morgens war bereits der Rechtsanwalt eingetroffen, um dessen Beistand Kehlmann noch am Vorabend gebeten hatte. Dr. Clemens Drechsler war ein unscheinbarer Mann in den Fünfzigern, den man für einen Finanzbeamten hätte halten können. In seinem schlecht sitzenden Konfektionsanzug unterschied er sich deutlich von den meisten Insulanern und Touristen, die Freizeitkleidung aller Art bevorzugten.

»Was genau werfen Sie meinem Mandanten eigentlich vor?«, fragte der Strafverteidiger, nachdem er und die Ermittler sich miteinander bekannt gemacht hatten.

»Es geht um den Mord an Joris Krog«, erklärte Enno.

»Ich hab den Typen gar nicht gekannt«, maulte Kehlmann. *Und das ist noch nicht mal gelogen,* dachte Mona verdrossen. Für sie war jeder unnatürliche Todesfall einer zu viel. Aber sterben zu müssen, weil man mit einer anderen Person verwechselt wurde, kam ihr besonders makaber vor.

»Sie haben meinen Mandanten gehört«, sagte Dr. Drechsler. »Was für ein Motiv hätte er haben sollen, um Herrn Krog zu töten?«

»Es ging Oliver Kehlmann nicht um Joris Krog, sondern um eine andere Person«, stellte Mona klar, wobei sie dem Mörder direkt in die Augen sah. Sie hatte jetzt keine Angst mehr. Sie musste sich darauf konzentrieren, ihm seine Tat nachzuweisen. Da war jedes Gefühl hinderlich, vor allem ein negatives. Der Anwalt schüttelte den Kopf, als ob er es mit uneinsichtigen Kindern zu tun hätte: »Unterstellen Sie meinem Mandanten, ein Serienkiller zu sein, der wahllos Menschen niedermetzelt?«

Die Kommissarin spürte, dass Dr. Drechsler sie provozieren wollte. Ob er schon von ihrem überschäumenden Temperament gehört hatte? Mona hatte jedenfalls nicht vor, über dieses Stöckchen zu springen. Sie erwiderte sachlich: »Es ging ihm nur um eine bestimmte Person, nämlich um Chris Thaler.«

»Thaler und ich sind Freunde«, behauptete Kehlmann, wobei er ein spöttisches Grinsen nicht unterdrücken konnte – oder wollte.

»Sie sagten wörtlich: ‚Ich hab den anderen Bäcker auch schon umgebracht‘ – damit konnte nur Joris Krog gemeint gewesen sein«, stellte die Kommissarin fest. »Das haben sowohl Svea Krog als auch ich deutlich gehört.«

»Na, und wenn schon!«, rief der Mörder. »Das war ein Scherz von mir, um Sie und Ihre Freundin zu ärgern. Zugegeben, so witzig bin ich nicht. Also: Das war gelogen.«

»Mein Mandant bedauert, sich selbst fälschlicherweise des Mordes bezichtigt zu haben«, sagte der Anwalt in bestem Beamtendeutsch. Mona fragte sich, ob Kehlmann unter bestimmten Umständen mit dieser Aussage durchgekommen wäre. Es gab keinen Zeugen für seine Anwesenheit in der Backstube. Eine Tatwaffe im eigentlichen Sinn existierte nicht. Dass Kehlmann und Thaler in der Vergangenheit Freunde gewesen waren, schien zu stimmen – es wurde sogar von Thaler bestätigt, der die Feindschaft erfunden haben könnte, aus undurchsichtigen Motiven.

»Nach Ihrer gestrigen Festnahme sind Sie erkennungsdienstlich behandelt worden«, erinnerte Enno, »dabei haben wir mit Ihrer Erlaubnis DNA-Proben unter Ihren Fingernägeln entnommen. Und was soll ich sagen? Es ließen sich Reste von rohem Brotteig nachweisen, der noch nicht ausgebacken war. Sie werden sich nach dem Tötungsdelikt etliche Male die Hände gewaschen haben. Aber solche winzigen Spuren lassen sich nicht hundertprozentig beseitigen.«

»Das beweist überhaupt nichts«, schnarrte Dr. Drechsler. »Teig ist ein alltägliches Produkt, das die meisten von uns in der einen oder anderen Form zu sich nehmen.«

»Rohen Brotteig, der genau aus der Masse stammt, in der Joris Krog erstickt wurde? Die Staatsanwältin wird begeistert davon sein,

Sie allein anhand dieses Indizes überführen zu können«, prophezeite Mona.

»Es war ein Unfall!«, platzte Kehlmann heraus. Und bevor sein Rechtsbeistand ihn bremsen konnte, redete er weiter: »Thaler hat Ihnen gegenüber wahrscheinlich den reuigen Sünder gespielt. Aber in Wirklichkeit ist er noch viel schlimmer als ich. Ich habe meinem Freund vertraut, und wegen ihm musste mein Bruder sterben. Das hat er euch garantiert nicht aufs Butterbrot geschmiert, richtig? Kein Gericht der Welt hätte Thaler verurteilen können, ihm ist nichts nachzuweisen. Also musste ich die Bestrafung selbst vornehmen.«

Die Kommissarin verabscheute Selbstjustiz, und sie wusste, dass es ihrem Kollegen genauso ging. Ob Thaler wirklich ein Menschenleben auf dem Gewissen hatte oder ob es sich nur um Gerede von Kehlmann handelte, mussten weitere Untersuchungen ergeben. Jetzt kam es erst mal darauf an, den Mörder reden zu lassen.

Kehlmann fuhr fort: »Ich musste eine Weile untertauchen, aber nach meiner Rückkehr ließ ich meine alten Kontakte spielen und setzte mich bald auf Thalers Fährte. Ich wusste, dass er irgendwann mal das Bäckerhandwerk gelernt hatte und nun auf den Nordseeinseln jobbte. Wahrscheinlich war das für ihn eine gute Gelegenheit, um nebenbei lange Finger zu machen. Ich beschloss, die Inseln von Westen nach Osten abzuklappern. Mir war nicht bekannt, wo genau Thaler sich aufhielt. Aber ich sagte mir, dass es auf den Eilanden nicht allzu viele Bäckereien geben wird. Natürlich durfte er nicht spitzkriegen, dass ich ihn gefunden hatte – also musste ich es langsam angehen lassen. Ich fing mit meiner Suche auf Borkum an, indem ich die Backstuben in den frühen Morgenstunden im Auge behielt. Zwei andere Betriebe konnte ich schnell ausschließen. Aber dann sah ich Thaler, wie er in seinen Bäckerklamotten zur Ankerstraße radelte. Am liebsten hätte ich ihn sofort umgelegt, aber ich bekam einen wichtigen Anruf, der etwas länger gedauert hat.«

»Wann war das?«, fragte Enno.

»Am 7. Mai, die genaue Uhrzeit weiß ich nicht mehr. Irgendwann vormittags. Das können Sie ja prüfen, wenn Sie meine Einzelverbindungsnachweise checken.«

Der Anwalt sagte: »Sie hören ja selbst, wie kooperativ mein Mandant ist. Sein Entgegenkommen sollte sich positiv auf das Strafmaß auswirken.«

*Wie bitte? Kehlmann ist erst eingeknickt, als wir ihm die Ergebnisse der Kriminaltechnik unter die Nase gerieben haben,* dachte Mona gereizt. Aber sie wollte jetzt nicht mit Dr. Drechsler diskutieren.

Der Mörder sagte mit rauer Stimme: »Als ich mein Gespräch beendet hatte, wollte ich es riskieren. Man kann sich unbemerkt der Backstube nähern. Jedenfalls bin ich sicher, dass mich niemand bemerkt hat. Ich sah Thaler, wie er sich über einen Trog beugte, der mit Teig gefüllt war – das heißt, ich *glaubte* in dem Moment, meinen ehemaligen Freund vor mir zu haben.«

Die Kommissare horchten auf. Nun ging es um einen entscheidenden Punkt bei den Ermittlungen.

Enno fragte: »Wann haben Sie bemerkt, dass Sie den falschen Mann vor sich hatten?«

Kehlmann ließ sich ein wenig Zeit mit der Antwort, dann erwiderte er: »Ich packte den Kerl am Kopf und an den Schultern, drückte ihn in die Teigmasse. In dem Moment sah ich nur noch rot. Es erschien mir passend, ihn auf diese Art zu erledigen, verstehen Sie? Er zappelte, gab ein paar Laute von sich. Aber eine Maschine lief, deshalb hat man ihn vorn im Laden wahrscheinlich nicht gehört. Doch als ich ihn genauer betrachte, wurde mir mein Irrtum bewusst.«

»Und trotzdem haben Sie nicht aufgehört?«, rief Mona empört.

»Da war es schon zu spät«, behauptete der Täter. »Ich dachte daran, das müssen Sie mir glauben. Aber was hätte ich tun sollen? Wenn ich den Bäcker am Leben gelassen hätte, konnte er Alarm schlagen. Er würde vielleicht mein Gesicht sehen, bevor ich mich zurückzog. Nein, ich musste es zu Ende bringen. Ich lief weg, ohne von jemandem bemerkt worden zu sein.«

»Warum haben Sie die Insel nach Ihrer feigen Tat nicht verlassen?«, fragte die Kommissarin. Sie bemühte sich, professionell zu bleiben. Aber die gefühllose Schilderung des Mordes hatte sie nicht unberührt gelassen. Immerhin hatte sie Joris Krog gut gekannt.

»Vergreifen Sie sich nicht im Ton, Frau Sander!«, wies der Jurist sie zurecht. Aber Kehlmann winkte ab: »Schon gut, ich werde antworten. Und mir ist selbst klar, dass ich mich nicht mit Ruhm bekleckert habe. Aber als ich erst angefangen hatte, gab es kein Zurück mehr. Ich hab keine Ahnung, ob Sie das verstehen. - Natürlich bin ich auf Borkum geblieben, um mir später Thaler zu schnappen. Nachdem ich in Sicherheit war und mir das Geschehen noch mal vor Augen führte, kapierte ich, dass ich von der Polizei nichts zu befürchten hatte. Warum hätten Sie mich verdächtigen sollen? Ich kannte den Bäcker ja noch nicht einmal.«

»Also behielten Sie die Ankerstraße im Blickfeld?«

»Ja, Herr Moll. Das war nicht schwierig. Zum Glück sind hier ja viele Touristen unterwegs, und auf dem großen Parkplatz Ecke Deichstraße herrscht ein ständiges Kommen und Gehen. Ein weiterer Fremder fällt dort gar nicht auf.«

»Wie man es nimmt.« Monas Stimme war schneidend, als sie diesen Satz aussprach. Sie fügte hinzu: »Als Sie nachts um das Haus der Krogs herumgeschlichen sind, wurden Sie von Thaler bemerkt. Das waren Sie doch, oder? Warum sind Sie da abgehauen, anstatt Ihren ehemaligen Freund kaltzumachen?«

Kehlmanns Überraschung schien echt zu sein: »Thaler war das?! Ich habe nur einen Mann bemerkt, aber sein Gesicht nicht gesehen. Und er sollte keine Chance kriegen, mich genauer beschreiben zu können. Also habe ich mich verdrückt, bevor er mir zu nahe kommen konnte. Wenn ich gemerkt hätte, dass er es war ...«

»So ist uns immerhin ein weiterer Mord erspart geblieben«, stellte die Kommissarin fest. Das Verhör wurde zunächst beendet, da Kehlmann gestanden hatte. Dr. Drechsler las sich das Protokoll der Befragung so sorgfältig durch, als ob er es auswendig lernen wollte. Dann ließ er seinen Mandanten unterschreiben und tat so, als ob dies ein besonderes Entgegenkommen sei. Nachdem der Mörder und sein Strafverteidiger aus dem Verhörraum verschwunden waren, sagte Enno: »Ich möchte wissen, ob Thaler wirklich Kehlmanns Bruder auf dem Gewissen hat – in dem Fall kann auch er sich auf eine lebenslange Freiheitsstrafe gefasst machen.«

»Bisher deutet nichts darauf hin, dass diese anstehende Ermittlung auf Borkum stattfinden muss«, erwiderte Mona. »Wir haben ja auch ohne einen neuen Mordfall genug zu tun.«

»Ja, aber für heute können wir uns über das gelöste Kriminalrätsel freuen. - Und du wirst hoffentlich die Annehmlichkeiten des Ehelebens genießen«, meinte der Oberkommissar lächelnd. Seine

Kollegin rollte mit den Augen: »Oh, ja! Auf mich warten die Dielen in unserem Gästezimmer, die unbedingt abgeschliffen werden wollen!«

Und dann brachen die beiden in ein befreiendes Lachen aus.

ENDE

## Ostfrieslandkrimi-Empfehlungen
## des Klarant Verlages

In der beliebten „**Mona Sander und Enno Moll ermitteln**" - Reihe sind erschienen:

**»Friesenbraut«, Band 1**
Taschenbuch-ISBN: 978-3-95573-557-9
eBook-ISBN: 978-3-95573-556-2

**»Friesenkreuz«, Band 2**
Taschenbuch-ISBN: 978-3-95573-552-4
eBook-ISBN: 978-3-95573-600-2

**»Friesenlauf«, Band 3**
Taschenbuch-ISBN: 978-3-95573-553-1
eBook-ISBN: 978-3-95573-618-7

**»Friesenflirt«, Band 4**
Taschenbuch-ISBN: 978-3-95573-542-5
eBook-ISBN: 978-3-95573-541-8

**»Friesenwahn«, Band 5**
Taschenbuch-ISBN: 978-3-95573-622-4
eBook-ISBN: 978-3-95573-623-1

**»Friesenstalker«, Band 6**
Taschenbuch-ISBN: 978-3-95573-688-0
eBook-ISBN: 978-3-95573-701-6

**»Friesenjuwel«, Band 7**
Taschenbuch-ISBN: 978-3-95573-764-1
eBook-ISBN: 978-3-95573-765-8

**»Friesenwrack«, Band 8**
Taschenbuch-ISBN: 978-3-95573-796-2
eBook-ISBN: 978-3-95573-797-9

**»Friesenbarbier«, Band 9**
Taschenbuch-ISBN: 978-3-95573-833-4
eBook-ISBN: 978-3-95573-832-7

**»Friesenstrand«, Band 10**
Taschenbuch-ISBN: 978-3-95573-875-4
eBook-ISBN: 978-3-95573-876-1

**»Friesenlist«, Band 11**
Taschenbuch-ISBN: 978-3-95573-934-8
eBook-ISBN: 978-3-95573-935-5

**»Friesenblues«, Band 12**
Taschenbuch-ISBN: 978-3-95573-954-6
eBook-ISBN: 978-3-95573-955-3

**»Friesenanker«, Band 13**
Taschenbuch-ISBN: 978-3-96586-009-4
eBook-ISBN: 978-3-96586-010-0

**»Friesenkoch«, Band 14**
Taschenbuch-ISBN: 978-3-96586-105-3
eBook-ISBN: 978-3-96586-106-0

**»Friesenwürger«, Band 15**
Taschenbuch-ISBN: 978-3-96586-146-6
eBook-ISBN: 978-3-96586-145-9

**»Friesentango«, Band 16**
Taschenbuch-ISBN: 978-3-96586-164-0
eBook-ISBN: 978-3-96586-172-5

**»Friesenbrauer«, Band 17**
Taschenbuch-ISBN: 978-3-96586-201-2
eBook-ISBN: 978-3-96586-202-9

**»Friesendiebin«, Band 18**
Taschenbuch-ISBN: 978-3-96586-276-0
eBook-ISBN: 978-3-96586-277-7

**»Friesenpoker«, Band 19**
Taschenbuch-ISBN: 978-3-96586-321-7
eBook-ISBN: 978-3-96586-322-4

**»Friesenleiche«, Band 20**
Taschenbuch-ISBN: 978-3-96586-355-2
eBook-ISBN: 978-3-96586-356-9

**»Friesentrick«, Band 21**
Taschenbuch-ISBN: 978-3-96586-408-5
eBook-ISBN: 978-3-96586-409-2

**»Friesenschatz«, Band 22**
Taschenbuch-ISBN: 978-3-96586-450-4
eBook-ISBN: 978-3-96586-451-1

**»Friesenmagier«, Band 23**
Taschenbuch-ISBN: 978-3-96586-485-6
eBook-ISBN: 978-3-96586-486-3

**»Friesenruine«, Band 24**
Taschenbuch-ISBN: 978-3-96586-513-6
eBook-ISBN: 978-3-96586-514-3

**»Friesenraub«, Band 25**
Taschenbuch-ISBN: 978-3-96586-549-5
eBook-ISBN: 978-3-96586-550-1

**»Friesenrichter«, Band 26**
Taschenbuch-ISBN: 978-3-96586-560-0
eBook-ISBN: 978-3-96586-561-7

**»Friesenhummer«, Band 27**
Taschenbuch-ISBN: 978-3-96586-614-0
eBook-ISBN: 978-3-96586-615-7

**»Friesenkugel«, Band 28**
Taschenbuch-ISBN: 978-3-96586-627-0
eBook-ISBN: 978-3-96586-628-7

**»Friesendolch«, Band 29**
Taschenbuch-ISBN: 978-3-96586-649-2
eBook-ISBN: 978-3-96586-650-8

**»Friesengeiz«, Band 30**
Taschenbuch-ISBN: 978-3-96586-667-6
eBook-ISBN: 978-3-96586-668-3

**»Friesendiva«, Band 31**
Taschenbuch-ISBN: 978-3-96586-689-8
eBook-ISBN: 978-3-96586-690-4

**»Friesenteich«, Band 32**
Taschenbuch-ISBN: 978-3-96586-700-0
eBook-ISBN: 978-3-96586-701-7

**»Friesensilber«, Band 33**
Taschenbuch-ISBN: 978-3-96586-707-9
eBook-ISBN: 978-3-96586-708-6

**»Friesenfisch«, Band 34**
Taschenbuch-ISBN: 978-3-96586-742-0
eBook-ISBN: 978-3-96586-743-7

**»Friesenduell«, Band 35**
Taschenbuch-ISBN: 978-3-96586-764-2
eBook-ISBN: 978-3-96586-765-9

**»Friesenwürfel«, Band 36**
Taschenbuch-ISBN: 978-3-96586-795-6
eBook-ISBN: 978-3-96586-796-3

**»Friesenradio«, Band 37**
Taschenbuch-ISBN: 978-3-96586-831-1
eBook-ISBN: 978-3-96586-832-8

**»Friesenartist«, Band 38**
Taschenbuch-ISBN: 978-3-96586-847-2
eBook-ISBN: 978-3-96586-848-9

**»Friesenpolizistin«, Band 39**
Taschenbuch-ISBN: 978-3-96586-853-3
eBook-ISBN: 978-3-96586-854-0

**»Friesenspur«, Band 40**
Taschenbuch-ISBN: 978-3-96586-879-3
eBook-ISBN: 978-3-96586-880-9

**»Friesenboot«, Band 41**
Taschenbuch-ISBN: 978-3-96586-871-7
eBook-ISBN: 978-3-96586-872-4

**»Friesenerpresser«, Band 42**
Taschenbuch-ISBN: 978-3-96586-906-6
eBook-ISBN: 978-3-96586-907-3

**»Friesenvilla«, Band 43**
Taschenbuch-ISBN: 978-3-96586-934-9
eBook-ISBN: 978-3-96586-935-6

**»Friesenmuschel«, Band 44**
Taschenbuch-ISBN: 978-3-96586-968-4
eBook-ISBN: 978-3-96586-969-1

**»Friesenturm«, Band 45**
Taschenbuch-ISBN: 978-3-68975-006-0
eBook-ISBN: 978-3-68975-007-7

**»Friesensegler«, Band 46**
Taschenbuch-ISBN: 978-3-68975-030-5
eBook-ISBN: 978-3-68975-031-2

**»Friesenjungfer«, Band 47**
Taschenbuch-ISBN: 978-3-68975-045-9
eBook-ISBN: 978-3-68975-046-6

**»Friesengarn«, Band 48**
Taschenbuch-ISBN: 978-3-68975-073-2
eBook-ISBN: 978-3-68975-074-9

**»Friesenklasse«, Band 49**
Taschenbuch-ISBN: 978-3-68975-093-0
eBook-ISBN: 978-3-68975-074-9

**»Friesenvogel«, Band 50**
Taschenbuch-ISBN: 978-3-68975-108-1
eBook-ISBN: 978-3-68975-109-8

**»Friesenbäcker«, Band 51**
Taschenbuch-ISBN: 978-3-68975-150-0
eBook-ISBN: 978-3-68975-151-7

# Klarant Verlag

Lernen Sie die Ostfrieslandkrimi-Titel des Klarant Verlages kennen und besuchen Sie uns im Internet unter:

**www.ostfrieslandkrimi.de und www.klarant.de**

Sie können dort Näheres über unsere Autorinnen und Autoren erfahren, viele weitere interessante Bücher und eBooks finden und Leseproben herunterladen. Mit dem kostenlosen Newsletter auf

**www.ostfrieslandkrimi-lesen.de**

erhalten Sie aktuelle Informationen rund um das Verlagsprogramm, wie beispielsweise spannende Neuerscheinungen und Gewinnspiele.